歐普拉人生指南

讓生命重新開機

O's Little Guide
to Starting Over

歐普拉雜誌——編著

The Editors of O, The Oprah Magazine

張毓如——譯

當一條路走到盡頭，就應該向前看，尋找新方向。
要知道，不管你的目光能望向多遠，
這個宇宙都能看得更遠。

When one road ends, it's time to look ahead in a new direction.
And know that as far as your eye can see,
the universe can see even farther.

──歐普拉（Oprah Winfrey）

目錄

PART 5 結束與開始 ENDS AND BEGINNINGS

— 1 —

放手

LETTING GO

改變的需要，
為我剷平一條通往內心的道路。
The need for change bulldozed a road down
the center of my mind.

——瑪雅‧安吉羅（Maya Angelou），美國作家

美好的春季大掃除
A Good Spring Cleaning

粗野的孩子、冷淡的配偶、壞老闆、糟糕的朋友、社會不公——這些東西就好比磨腳的鞋子和染上大片黃漬的襯衫，都不該在我們的生命中留有容身之地。

Rude children, indifferent spouses, bad bosses, lousy friends, social injustice — all have no more place in our lives than painful shoes and shirts with huge yellow stains.

◆

我的母親並不是那種會在春天大掃除的傳統女性。她厭惡所有的家務，因此，只要看到她拍打地毯或擦窗戶，我就不禁懷疑，世界末日是否即將降臨。然而，每年春天，她會依序檢視家中的衣櫃，先是她和我的，最後是我的孩子們的，並且宣稱，該是「除舊布新」的時候了！每件買錯了的衣服（暗紫色、絲絨、荷葉邊）都捐出去做慈善。若是尺寸太大或過小，就轉送給身材較豐腴或嬌小的親戚。她會睿智地留下只是暫時不合流行的物件，而她買的那雙菲拉格慕（Ferragamo）高跟鞋，傳承三代都還能穿。她也會保留那些萬中選一的衣物（所以，我才會有一個從 50 年代留到現在，名設計師莉莉・達什〔Lilly Daché〕設計的帽盒。）

我在整理衣櫃時，會將她的方法謹記於心。就連在整理情感、甚至心靈時，我也會沿用同樣的方式。

她常說，有些事情我們不該置之不理，而春季大掃除正是處理的好辦法。粗野的孩子、冷淡的配偶、壞老闆、糟糕的朋友、社會不公——這些東西就好比磨腳的鞋子和染上大片黃漬的襯衫，都不該在我們的生命中留有容身之地。我並非建議你拋棄孩子或配偶，或者只為了糾正錯誤，就扭轉整個生命。但為了解決你的負擔，在此我有話要說。

解決這些問題的關鍵，是要學會愛你所有，改變你所不能愛，並遠離那些讓你受傷的事物。就我這個腰間贅肉不少的人來看，那就是意味著你要和腰間贅肉共存（姊妹們，之所以會有塑身內衣，不是沒有原因的！），但不要讓會毒害心靈的母親或削弱能量的工作待在你身邊。

一次美好的心靈春季大掃除，需要你走過心靈之家的每個房間。標記出「馬上整理」的事、「明年春天再看看」的事。有些事只須草草註明「哦，這樣啊」即可。去年春天，在我現實的房子裡，我丟掉放了三年以上的香料、兩年以上的化妝品。然而，卻留下了拉鍊壞掉的行李箱（還有椰菜娃娃及床頭音樂鈴）。在我心靈之家中，我丟掉了所有和家庭無關，被迫參加的社交活動。我每天為我手術後的膝蓋進行物理治療。我打電話給照顧我父母晚年的那位親切女

士，這是我從十月以來就一直打算做的事。當我走過心靈的房間，我看到母親為了看到新鮮的花朵，愉快地忽視塵土飛揚的窗戶；用一本好書換來心靈的安詳，而不是從揉麵團開始烘焙糕點；用一袋以善意準備的食物和一杯香檳，來慶祝春天。

——艾米・布盧姆（Amy Bloom）

作家，著有三部小說，包括暢銷書《幸運的我們》（*Lucky Us*）及《離開》（*Away*）、兩本短篇故事集、一本童書，以及一本散文集。她曾獲美國國家圖書獎與美國國家書評獎提名，並獲得美國國家雜誌獎的小說類獎項。她的作品散見於《最佳美國短篇小說集》（*Best American Short Stories*）、《歐・亨利文學獎短篇小說選》（*Prize Stories: The O. Henry Awards*）及其他眾多選集。她目前是衛斯理大學的傑出駐校作家。

沉重的負擔
The Heavies

在丟棄這些石頭的過程中，我不只是拋開痛苦的回憶，我也不再賦予它們力量，讓它們阻擋我未來的幸福。

In giving up the rocks, I would be doing more than letting go of painful memories; I would be denying them the power to stand in the way of future happiness.

◆

垃圾袋裡裝滿了毛衣、洋裝、寬鬆長版衣、鞋子和腰帶，而這些衣物白放在我的衣櫥裡多年，等待著永遠不會到來的復出。裡面有再也扣不上的襯衫、符合我在 90 年代胸圍的胸罩，以及從買來就被囚禁在抽屜裡的雨帽，從來沒有感受過雨滴。

兩個大開的大型垃圾袋，等待著餵食。我的所有物避開了它們的目光，彷彿害怕引起注意。嘿，你！你這個在市場買來的醜陋、會讓人發癢、橫條紋的羊駝斗蓬，快來垃圾袋裡！隨便亂買的燭台，快來垃圾袋裡！不知哪來的手機充電器，別想躲在那台小型攝影機後面！

我並非毫無憐憫之心，而這就是問題所在。無論我買來的東西多麼多餘或無用，無論這些東西讓我每次搬家增加了多少費用，絕大多數都能在我的新家找到容身之地。但現在我住在波士頓的公寓，空間勉強夠讓一個人和小狗住，該是時候了。我不應該耗時為收納煩惱。我應該將精力花在朋友、家人和工作上，而非不斷苦惱著該不該丟掉東西，包括那些從未穿過的套裝、幾乎完全一樣的靴子、愈來愈多的沙發抱枕，還有，不開玩笑，我還買過天鵝絨和塔夫綢的晚宴服，連標籤都沒拆。我就是個戀棧之人。

當我發現自己竟想留下中餐館食物外帶包裝底部的長方形紙板，只因為覺得有天可能會用到的時候，我明白一定得做些什麼。所以去年秋天，我開始把不成對的耳環、多餘的錢包、閒置的暗紅色厚重窗簾裝箱及裝袋。丟掉這樣的東西很容易，因為它們對我來說沒有任何意義。我甚至能夠了解三個濾鍋應該丟掉兩個、四台咖啡機也只須留下一個。我知道我真的不需要拿整座森林來做一把掃帚。

箱子和袋子漸漸地滿了。剩餘物品已經透過二手商店、拍賣網站和公益團體進入世界。只剩下一個問題。我一開始以為，我清除得愈多，就會覺得生活更加輕鬆、更不混亂。但令人驚訝的是，除了櫥櫃和地板，我的混亂並未減輕。

在過去 12 年裡，我分別待過夏洛特、波士頓、亞特蘭大（兩次）、曼哈頓、波特蘭（俄勒岡州的那個）、牛津（密西西比州的那個，

也是我的家鄉）、圖珀洛（也在密西西比州）、歐洲，以及長島。

我在為父親守靈之後搬到牛津，這次搬家象徵著我四年的婚姻即將結束：我離開了在夏洛特的丈夫，到離娘家人很近的密西西比大學教了一年書。然而，當客座教授的教職結束時，我並未搬回我和丈夫在亞特蘭大剛買的新家，而他在那裡也有了新工作。我反而突然去了西班牙。我在西班牙和亞特蘭大待上一段時間，才正式離婚。接著，我到紐約讀研究所；又去了亞特蘭大，為一家雜誌工作；再下來，是在波特蘭為另一家雜誌工作；然後離開上一份工作，去了圖珀洛。最後來到波士頓。

一路跟著我的手工藝品足以說明我所有的行蹤。當我住在西班牙的時候，我用一個小摩洛哥罐子存放結婚戒指。我和前夫在市中心人行道上微笑的照片是在我離開夏洛特前拍下的。書架上綠金相間的錫罐則裝著我的貓哈利的骨灰。

可憐的哈利。當我離婚時，牠就像家具、聖誕飾品、我最喜歡的電鍋，被我留下來。但當我的前夫再婚時，因為新任妻子過敏，不能繼續養著哈利。我住在曼哈頓一間 60 坪大的套房裡，還養著一隻小獵犬，所以哈利只能住在我母親家。當我搬回亞特蘭大，能夠接回牠的時候，牠變得又瘦又老，喵喵地叫著。等到牠再也站不起來的那個早晨，我哭著帶牠去獸醫院，讓他們為牠注射那最後一針。

從那以後，每次我看到牠的骨灰罈，想到的都不是以前的幸福生活（陽光、擁抱），而是牠的悲慘流亡。所以我把骨灰帶到我們在夏洛特一起住過的平房，那裡現在住著另一個美好的家庭。在他們的許可下，我站在我和前夫為了紀念我父親一起栽種的日本楓樹下。

「哈利，你是個漂亮的好孩子，我很感激能認識你，」我說。然後我打開塑膠袋，倒出牠的骨灰。意想不到的是，這個動作讓我感到釋放且意義重大。長久以來，我一直相信，如果灑下這些骨灰，我心中會有可怕的內疚感，但我所感覺到的更接近救贖。我找到了適合哈利長眠的方式。

然後我想到那些讓我心情沮喪，而我又卻無法與其告別的紀念物。如果我能為這些令人煩惱的物品找到同樣讓人寬心的結局，會是如何？

這些物品包括我當年不情願地離開想要展開夢想生活的紐約，轉而搬到亞特蘭大時，所買的一幅畫。我希望那幅畫能夠鼓舞我，卻產生了反效果。這幅畫似乎隨著時間變得愈來愈醜陋、更加嘲笑著我。也包括我朋友出版的書籍，只提醒了我，我還沒有任何著作。另外，我的前婆婆寄給我一張日本明信片，她是我所愛和景仰的人，最近去世。還有一張放在維多利亞式相框裡的小照片。

因為那張照片如此之小，只有一乘二吋大，所以我從這張照片開

始：那張照片裡有我和老友凱洛。她和丈夫及兄弟到西班牙拜訪我，我們一起乘渡輪到摩洛哥。照片背景是大海和夕陽。曬黑的我們微笑著，頭髮在風中飛揚。

我在大學畢業幾週後搬到北卡羅萊納州，準備成為記者，不到幾週就認識了凱洛。她聰明絕頂、有趣、有事業心、博學多聞。她是負責調查報導的記者，可以在下午六點之前讓一個惡名昭彰的政府官員下台，而在回家的路上買下可愛的耳環。她為友誼、新聞記者和女性情誼建立了可依循的標準。但因為我一次次搬家、我們各自的婚姻、我的離婚、她的母職角色，以及令我們精疲力竭的職業，我們之間的友誼漸漸褪色。

我可以用紙巾包住照片收起來，或是將照片從相框取出，放進相簿裡。但我突然想到，究竟應該如何處理一張提醒自己失敗的照片？或是把它變成讓友誼復活的象徵。如果凱洛對我來說如此重要，我應該打電話給她。

於是我就這麼做了。我在她的電話語音信箱裡留言。幾天後，她也留言給我。聽到她的聲音，並未讓我感到痛苦或內疚，只湧上一股熟悉的感覺。這只是幾通語音留言——我們並未立刻再度變回最好的朋友，但這張照片是幾年來第一次不再是負擔了。

在隨後的日子裡，我為一個又一個物品找到正確的解決方式。我把

那幅醜陋的畫作送上拍賣網站，尋找會欣賞它的人；將朋友撰寫的書籍放進專屬的特別書架，不當作嘲諷，而是靈感；將日本明信片好好裱框，向一個鼓勵我在人生道路上往前邁進的女人致敬。

但接下來要處理的是石頭。

一共有四顆石頭：一顆是扁平巨蛋大小的高品質石頭，另外是三顆一組的石頭，大小足以掠過湖面。這些石頭的底色是深灰色，搭配著亮白色條紋。它們來自義大利五漁村的祕密海灘，是我與丈夫在最後一次真正的假期中找到的紀念品。

我不能帶走我們飯店房間門外的檸檬樹，或是明亮光芒映照水面，讓我們徹夜未眠的圓月。但是，我可以把石頭塞進背包裡，搭飛機帶回家。

自此後，我到哪裡都帶著它們。住在紐約時，我把它們放在靠近窗戶的嵌入式書架上，從那個窗戶可以俯瞰如狄更斯筆下吐出濃煙的火爐煙囪的屋頂景色。在波特蘭，我把它們擺在古董桌子上。現在這間波士頓公寓，又老舊，地板又傾斜，以至於我必須在每個家具下塞木片。這些石頭就安放在精心製作的書架上，和歐威爾、梅爾維爾及奧斯特這些作家的著作一起陳列。

我愛這些石頭，因為它們讓我想起義大利，因為它們美麗又真實，

大自然的力量雕塑出它們的模樣。但我只要一看到它們，就會被過往更快樂的時光和我失敗的婚姻所糾纏。事實上，大部分讓我沮喪的東西都背負著過去婚姻的鬼魂：哈利是我們的貓。如果我沒有逃離家鄉，凱洛不會拜訪西班牙。雖然我告訴自己，我之所以買下那幅醜陋的畫作，是因為我對離開紐約感到難過。然而，很難說不是巧合，就在我買下那幅畫作前幾小時，我看到前夫和他的新任妻子及他們新生的寶寶，站在我們以前最喜歡的咖啡館外。他們住在我們以前的房子，裡面有我們以前的家具和我之前養的狗。

我在最孤獨的日子裡，想像自己仍舊住在那裡。我們在一起，生活裡有著一切與婚姻伴隨而來的習慣和舒適。

我和前夫分開八年後，還一直有人問我為什麼離婚。可能的答案包括：我在錯的時間遇上對的人；我們不適合；我們不夠努力維繫婚姻；這是命運。我只知道，當時我唯一能做的就是離開。自此之後，我一直活在那個決定帶來的枷鎖和伴隨的傷害中：沒有機會和一些親戚道別；親近的朋友看待我們的分手，就像我們其中一人死了一樣；以及，看樣子難以控制的失落：哈利。

與此同時，我的前夫繼續他的人生。幾年前，他和妻子（在得到我的同意之後）在自家庭院拍賣掉我留下的東西。於是，我不復存在。

我一直告訴自己，丟棄讓人感傷的物品是一種否認，面對舊時的悲

傷比移開視線來得勇敢。而如今我在想，讓這些傷痛終能結束是否更勇敢。在丟棄這些石頭的過程中，我不只是拋開痛苦的回憶，我也不再賦予它們力量，讓它們阻擋我未來的幸福。

去年夏天，我在麻州的朋友潘和查理，讓他們的後院蔓生為一片野生而燦爛的草地。野生的花朵沿著大葉醉魚草及如絲絨般的長草叢快速成長。潘、查理和他們八歲的兒子喬治，非常喜歡從他們的石板露台和美麗房子的寬闊窗戶，眺望這片草地。

我不再擁有婚姻、家庭和曾經擁有的生活。但我擁有目前的生活，我愛我的工作、家人、朋友、居住的城市，而且在目前的生活中，多虧了這種清除，我開始喜歡未來的進展。

而當這片野生草地開始變得繁盛時，我會綁好這些義大利石頭，在紅尾鵟翱翔於其中的旋轉上升暖氣流之下，在養育一個乖孩子的兩個善良的人的陪伴中，扔到這片蔓生的美好之中。石頭將返回自然，回到原本所屬的地方，而我會變得輕盈許多，更加準備好去面對接下來的人生。

——佩吉・威廉斯（Paige Williams）

《紐約客》雜誌記者，密蘇里新聞學院助理教授，並曾獲選為哈佛大學尼曼新聞學人。她即將出版一本敘事真實故事《恐龍藝術家》（*The Dinosaur Artist*）。

再 想 一 想
Think Again

有人告訴我，讓你的大腦稍加休息會讓一切變得更容易。解決方案似乎和
身體有關，要擺脫想法，由身體主宰。所以我開始嘗試那些不會讓我思考
的活動。

I've been told that giving your brain a break makes everything easier. The solution
seems to be in the physical, in getting out of the mind and into the body. So I've
tried to find activities that don't let me think.

◆

某次瑜伽課尾聲時，老師要大家以「攤屍式」躺在地上，閉著眼睛
的我晃著一隻腳。此時老師走向我，低聲說：「不管妳現在在想什麼
麼，我向妳保證，如果妳能停下來五分鐘，一定會更好。」

我同意他的說法，但接下來我卻花了五分鐘思考，為什麼他說得沒
錯：為什麼停止思考會有用，這件事為什麼會讓我苦惱，以及我到
底是不是真的想更像具屍體。我的腦海從不平靜。

我很幸運能成為作家：反覆思考就是我的工作內容。讓我感到最投

契的藝術家是法國畫家皮耶・波納爾（Pierre Bonnard）。他不斷修改作品，甚至有一次找了朋友轉移盧森堡博物館警衛的注意力，讓他得以修改一幅已在館內展示的畫作。

但檢查錯誤變成習慣。我放棄睡眠，以便在心中反覆對話，知道自己如果能花些時間考量並修正，就能避免說出蠢話（愚蠢的提問、輕率的反應、粗心的輕慢）。

我也想到可能會改變生命路徑的小事情。我因為朋友的朋友的朋友，參加了聯誼活動，卻因此遇到所愛的人。我參加一堂小說的初級課程，而當時的一位同學在幾年後變成和我合作無間的編輯。我站在一座建築物的陰影之下，然後走開，一堆磚塊掉下來，正巧落在我剛剛站的地方。這些命運般的事件讓我覺得，我們應該對所走的每一步加以重視及評估。若是我參加了不同的派對、不同的課程，或是待在陰影下更長的時間，都會改變一切。如果沒有寓意的差別，又看不到其他選擇或結果，要怎麼知道哪條才是正確的道路？既然如此，怎麼不會對所有事情加以猜測？

有人告訴我，讓你的大腦稍加休息會讓一切變得更容易。解決方案似乎和身體有關，要擺脫想法，由身體主宰。所以我開始嘗試那些不會讓我思考的活動。

我最近的一次嘗試是空中飛人。在理論上，這是完美的禪修練習，

因為一切發生得如此之快。如果你不夠專心，所有動作都會慢一拍。但我總是能夠在空中焦躁不安並猶豫不決。當我需要以空**翻**來完成動作時，我會往一個方向**翻**下，然後改變主意，又往反方向**翻**，而這麼做大錯特錯，只會讓我墜落在安全網上。當我來到單槓上準備重新開始，一名教練突然從地上喊道：「我看得出妳在想事情！不要那麼做！」

有時，神奇的是，我可以停下來，特別是當我對某個動作如此熟練，以至於不要來自上層的干涉，我的身體也知道接下來該怎麼做。我在飛行，如羽毛般輕盈，完全放空。這麼做可以調節思緒混亂，不僅令人興奮，也是完全的解脫。

回到地面上，我深思熟慮的大腦中的每件事情都變得稍微安靜一些。思考有其必要，也有用，但需要給它更清澈的空間。每隔一段時間，不管用什麼方法，你都需要放下想法，往下跳就是了。

——梅莉・梅洛依（Maile Meloy）

著有兩部小說：《騙子與聖徒》（*Liars and Saints*）及《家女》（*The Family Daughter*），短篇故事集：《愛一半》（*Half in Love*）及《我都想要》（*Both Ways Is the Only Way I Want It*）。其中《我都想要》入選為《紐約時報》「2009 年十大好書」，並名列《洛杉磯時報》和亞馬遜書店年度好書。她的文章散見於《紐約時報》、《華爾街日報》及《紐約客》雜誌。

選 擇 操 之 在 你
The Choice Is Yours

做出選擇，任何選擇都好。如果你還是很痛苦，你可以再選一次。最終，
你會看到，所有的痛苦不過是人生在要求你將目前的行動路線（或是完全
不行動），轉為追求有意義且真實的路線。

Make a choice, any choice. If you're still miserable, you can choose again. Eventually,
you'll see that all misery is simply life asking you to trade your current course of
action—or inaction— for something purposeful and true.

◆

從柏拉圖到《星際迷航記》裡的史波克先生，無數聰明人士都曾建
議我們做出理性的決定。拋開情感！比較你所做的選擇中的成本和
效益！選擇那個以最低成本產生最高價值的選項！但如果這個非常
理性的建議真的是該去的方向，那麼為什麼《星際迷航記》的寇克
艦長總是大膽地走向激情所在，做出的決定並非依據理性，而是勇
氣、忠誠、愛情？

事實證明，依循邏輯的史波克先生為副手，而情緒化的寇克是艦
長，有其令人滿意的理由。

隨心而不隨理性的人們往往在所知不多的情況下行事，可說相當冒險，但至少他們會到達某個地方。不信任自己的智性或本能的人，通常會採取最省力氣的方法。雖然不是最佳策略，但至少也不至於動彈不得。偉大的戰略家相信智性和本能，他們會收集足夠的資訊，直到認為可以做出好決定。但若是做決定時只依賴頭腦，完全不相信自己心裡的渴望，注定會動彈不得、緊張不安，不停比較和對照，永遠堅持只要再一點點資訊，就能讓選擇變得清楚。然而事實並非如此。

我的一個瑜伽師朋友曾經告訴我：「身體的真相會超越心靈的謊言。」當我們對於決定猶豫不決，我們的理智試圖占得上風，大叫著說：「你最好確定！讓選擇保持開放！你考慮過涉及的法律問題嗎？」等等。幸運的是，我們的身體耐心地堅持說實話。我們所要做的就是傾聽。

問你自己：在此刻，你覺得人生有意義和目標嗎？如果答案是肯定的，你便已將能量投入活出最精采的人生中。但隨著你感到痛苦的程度，代表你的能量要求重新投入。在這裡所說的痛苦是指「成為守財奴的感覺」。如果你很痛苦，就停止囤積你的生命能量。付出它吧！做出選擇，任何選擇都好。如果你還是很痛苦，你可以再選一次。最終，你會看到，所有的痛苦不過是人生在要求你將目前的行動路線（或是完全不行動），轉為追求有意義且真實的路線。

我有一本翻舊了的《浮士德》，書裡說：「你真誠嗎？抓住當下。不管你可以做什麼，或者有什麼夢想，都開始吧。勇敢之中有天賦、力量和魔法。」這並不代表你永遠不會失敗。這意味著當你不再猶豫不決，將會有所收穫，無論是成功或是學得經驗。

所以，餵養你的頭腦，但要感覺你的心。相信屬於你的真相。這將是你所做的最好投資。

——瑪莎‧貝克（Martha Beck）

生活教練，自 2001 年即在《歐普拉雜誌》擔任專欄作家。最新作品為《黛安娜，她自己：覺醒的寓言》（*Diana, Herself: An Allegory of Awakening*），以及暢銷書《找到自己的北極星》（*Finding Your Own North Star*）和《等待亞當》（*Expecting Adam*）。《瑪莎‧貝克全集：創造你的正確生活（第一冊）》（*The Martha Beck Collection: Essays for Creating Your Right Life, Volume 1*）是她在《歐普拉雜誌》發表的文章集結。

PART

— 2 —

失而復得
LOST AND FOUND

我決定從頭開始，
拋下我所學的一切。
I decided to start anew,
to strip away what I had been taught.

——喬治亞·歐姬芙（Georgia O'Keeffe），美國藝術家

我的感覺復甦之旅
Coming to My Senses

我注意到烤架下鮭魚發出的嘶嘶聲、煸炒的蘑菇釋放出汁液的聲音，並且在聲音變得太大或太輕時調整火候。廚房的旋律匯聚成一首我以前從未聽過的歌曲。

I paid attention to the sizzle of salmon under the broiler and the crackling sound of sautéing mushrooms releasing their juices, adjusting the heat if the noise grew too loud or too soft. The melodies of the kitchen came together in a song I'd never heard before.

◆

我不記得八月那個微雨的早晨，當我在慢跑時，汽車撞上我，扭轉我的膝蓋，讓我的骨盆碎裂，或撞裂了我的頭骨。我不記得被帶到醫院，也不記得後來回到家裡。其實，我對接下來幾個星期都不記得。然而，有一刻我永遠不會忘記：當我的繼母端著剛出爐的烤蘋果奶酥來到我面前，我才發現我已經失去了嗅覺。

在事故發生之前，我一直在麻州劍橋一家得獎小酒館的廚房工作。我剛從大學畢業，拋下了藝術史學位，轉而追求成為廚師的夢想。

我洗盤子、幫大蒜去皮，看著經驗豐富的同事優雅地在狹小廚房忙碌著，並從中學習。我每天凌晨才到家，衣服滿是油炸油和奶油的氣味，感到無止境的疲憊。但我很快樂。

出院之後，我無法回到廚房。我了解到，當我的頭骨骨折時，我從鼻子到大腦的嗅覺神經元受到了損壞。我很幸運還活著，也很感恩自己會從其他傷害中恢復。但當醫師告訴我，我可能再也無法重新獲得嗅覺的能力時，我不禁崩潰。

當食物的香氣消失時，它的味道就如同低語般幽微。我仍保有味蕾，能辨認酸甜苦鹹。我可以感受溫度和紋理。但就僅止於此。讓一口牛排、一匙冰淇淋或一口咖啡美味的細緻消失了。我開始把放進嘴裡的每一口食物沾上塔巴斯科辣醬，只為了感覺辛辣刺激著我的舌頭。我要怎麼烹飪？我想知道。我感覺自己渴望的生活已到了盡頭，那個圍繞著爐子旋轉的生活。

但我很頑固。我拒絕離開廚房。我喜歡食物的文化，讓人們聚集在桌子旁的快樂，所以我決定教自己如何依靠我的其他感官烹飪。

我從聲音開始。我仔細而專注地傾聽，我的耳朵停留在煎鍋上，聽著一杯奶油在中火下融化。我專注於奶油液化的微妙聲音，專注於其滋滋作響的泡沫，並等待突然安靜的那一刻，那就表示我已經可以把一片粉紅色的豬排放進鍋裡。我注意到烤架下鮭魚發出的嘶嘶

聲、煸炒的蘑菇釋放出汁液的聲音,並且在聲音變得太大或太輕時調整火候。廚房的旋律匯聚成一首我以前從未聽過的歌曲。

我開始重視觸覺。我以指尖輕按在烤盤上的肋眼牛排,將其肉質與我握緊拳頭的手掌加以比較,以確認這塊肉是否能以完美的熟度離開爐子。我揉麵團時更加小心,我的手指知道麵團何時變得有彈性又光滑,足以做出輕而多氣孔的麵包。我的手從未如此充滿活力。

我用嶄新的藝術眼光看待盤子。我意識到,先將亮綠色的芝麻菜鋪滿盤子,再將紅色和黃色的烤甜菜根排列於上,或是將血紅色的石榴種子散布在黃赭色的塔吉燉雞上,能夠以與氣味不同的方式刺激食慾。我學會了用眼睛吸氣。

最後,我開始用不同的方式依賴溫度和紋理。我甚至自己烘焙了烤蘋果奶酥,在酥脆的外皮下,奢侈地擺滿了光滑柔軟的水果,冰淇淋像冰滑小溪一樣在頂部融化。我著迷於剛烤好的法國麵包內部的柔軟,加上新鮮羊奶乳酪的冰涼乳脂。咬下一口外脆內軟的蘆筍也讓我陶醉不已。

一直到我的嗅覺不預期地恢復時,我才真正了解氣味和味道之間的關聯。我注意到的第一種氣味是迷迭香,深綠色,像是被森林覆蓋。不久之後,我聞到巧克力的質樸;接著是黃瓜充滿水分的香氣,令人意外的強烈。當我終於可以聞到飽滿、成熟的藍乳酪,增

強了刺激性的酸味，那種愉悅感受如此強烈，讓我從椅子站了起來。將近七年後的今天，我幾乎可以聞到每一種氣味。我知道自己很幸運。這種自覺像是一種善意，伴隨著我，提醒我留意並享受每一餐，如奇蹟般的每一次咀嚼。

——莫莉·伯恩邦（Molly Birnbaum）

2011 年出版的回憶錄《失去嗅覺的廚師》（ *The Cook Who Couldn't Taste* ）入選為國際專業烹飪協會（International Association Culinary Professionals）圖書獎「飲食文學類」最後決選名單。文章可見於《紐約時報》、《摩登農夫》（ *Modern Farmer* ）及《快公司》（ *Fast Company* ）雜誌。她是美國實驗廚房旗下「烹飪的科學」（Cook's Science）網站的執行總編輯。目前居住於羅德島州的普洛威頓斯。

離 開 的 航 程
The Voyage Out

在我們追尋及接受別人的過程中,可能會遇見自己。或許我是孤身來到這世界,但當我抵達時,這裡住著其他人。

It is possible to stumble upon oneself in the process of looking onto and receiving others. I had perhaps come into the world alone, but it was populated with other people when I arrived.

◆

我在蒲隆地的非洲公共電台工作之前,最擅長的就是讓自己顯得與眾不同,就像紀念碑一樣,讓人只能四處觀望,無法進入。我不僅對那些和我交往的戀人這麼做,就連更重要的人,像是家人和兒時玩伴,也是如此。

這裡說的是像艾爾文・賈維斯這樣和我一起長大的朋友,他在 22 歲那年出車禍去世。我最後一次看到艾爾文,是從德州的大學放暑假回紐奧良的時候。艾爾文離開了他那看來強悍的朋友,向我走來,抓住我,給我一個擁抱,但我的懷抱不夠溫暖。我沒有像他對我一樣,緊緊擁住他,而是像打鼓,拍了拍他的背。他問候我的

學業，我低頭看著自己的腳趾回答「還好」。艾爾文從未離開紐奧良，我則不然，並將此視為我們之間的顯著差別。我躲著艾爾文，沒認出自己有這種想法，只覺得自己與他不同。我並未看清自己的內心。

但在蒲隆地，把目光朝下或是撇開，都是徒勞。我來到那個位於中非的小國時，人生地不熟，只能把從前的驕傲放下。我在廣播電台的工作中，不得不前所未有地依靠當地同事。這種情況造成了改變。每當我試圖將目光從別人身上移開時，他們對我的好奇變得比以前更甚。

不僅於此：我遇到一個我知道但不認識的人，而他及時幫助我了解自己。有時一個人有此能耐。他愛我，而在他面前，我強烈而完整地感受到自己。他和蒲隆地及其人民向我表現出一種關心，教導我直視事物的價值。

有一天，我在前往內陸途中，因為車輪爆胎被困在山路旁。當時日正當中，周圍全是年輕的士兵，背著短管霰彈槍，槍管纏繞著膠帶。這種情況當然讓我滿懷恐懼，但隨著時間流逝，背著嬰兒、頭頂著棕櫚油塑膠桶的婦女經過，我發現這些圍繞在我車旁的男人並無惡意。突然有個人拿出甘蔗，分了我一些。沒有人說話，但隨著收音機播放菲爾·柯林斯（Phil Collins）的歌曲，我們吸吮著甘蔗汁、吐出了渣。在那一刻，我了解了兄弟情誼、信任和人情。那就

是我們一起在做的事。

之後的一個陰沉星期天，我坐在非洲的房子裡，孤獨灼傷著我，我無處可去，也沒有說話的對象。香蕉樹在窗外搖曳，灑落在屋頂的雨聲淹沒了我的思緒，我打開一本小說，從書中掉出一張兒時玩伴艾爾文的立可拍。我吃了一驚，魂不守舍。

作家詹姆斯・鮑德溫（James Baldwin）曾經寫道：「與自己相遇是為了與他人相遇，而這就是愛。」我花了很長時間才知道他在說什麼，但那天艾爾文的照片迫使我思考，將他推開讓我付出多大的代價，感覺好像白費了美好的愛。我把照片放在目光所及之處。一直到現在，它還是在我看得見的地方。

我了解到：在我們追尋及接受別人的過程中，可能會遇見自己。或許我是孤身來到這世界，但當我抵達時，這裡住著其他人。人們可能會愛我、理解我、教導我。而我在蒲隆地，以某種方式看到了關係的本質，也就是說愛的本質。我也因此了解，如果沒有其他人，我無法了解這一點。沒錯，這道理聽起來很簡單，但其實不然，我跋涉了好長一段路才明白。

——莎拉・布若姆（Sarah Broom）

作品刊登於《紐約客》、《紐約時報週刊》（*The New York Times*）、《牛津美國》（*The*

Oxford American）雜誌，以及其他出版品。她的回憶錄《黃色房子》（*The Yellow House*）即將出版。目前居住於紐約州北部。

超乎我的想像
Beyond My Imagination

因為變化，失去時會感到悲傷，但機會將隨之而來——你也因此可以選擇
如何看待失去。

With change, there is grief for what has been lost, but also opportunity — and the
choice of how to see it.

◆

八年前，我是小說家，住在舒適的郊區房子。我已婚，財務穩定。
但我的美滿結局最後並不美滿，於是我帶著三個孩子搬到位於維吉
尼亞州西部的百年老舊農舍。我準備好面對未知的挑戰。

孩子們，我真的受到了挑戰。

我一直夢想能夠擁有一座農場，但我很快就了解，我分辨不出當作
飼料的乾草和麥稈之間的差別。我從未靠近一隻雞，更別說乳牛
了。（乳牛會踢我，也會一直踢裝牛奶桶。）接下來的幾個月，我遭
遇了多次低潮，不斷和無法點燃的柴爐奮戰，在羊群跳過柵欄時追
回牠們。但我也過著超乎想像的生活，而且，所有艱辛都抵不上找

到勇氣時所產生的滿足感。身為作家，我知道小說情節中少不了變化，書中角色正是藉此而成長。因為變化，失去時會感到悲傷，但機會將隨之而來──你也因此可以選擇如何看待失去。

做個精采的選擇吧。

──蘇珊・麥克敏（Suzanne McMinn）

著有《路中間的雞：尋常壯麗中的冒險》（*Chickens in the Road: An Adventure in Ordinary Splendor*）。她的個人網站為 chickensintheroad.com。

只要一個優點
Just One Good Thing

就我看來，作家之所以為作家，是因為即使眼前毫無希望，做的任何事都看不見前景，你還是繼續寫作。

In my view a writer is a writer because even when there is no hope, even when nothing you do shows any sign of promise, you keep writing anyway.

◆

我並非不能寫，我每天都寫。事實上我致力於寫作。我早上七點就坐在書桌前，至少工作八小時。無論是在餐桌上、床上、馬桶上、地鐵六號線上，或是紐約大都會隊的主場裡，我只要抓到機會，就會匆忙地創作。我盡可能地寫作，但結果卻是徒勞。我出版第一本短篇故事集後沒多久，就懷抱希望動筆創作新的小說，但怎麼樣都過不了 75 頁。從第 75 頁之後，我所寫的內容都在胡說八道，全都說不過去。如果前 75 頁沒有那麼精采也就罷了，但前面的內容真的很酷，讓人充滿期待。如果我能轉去寫別的小說，那也沒關係，但是我做不到。我嘗試寫作的其他小說都比那本擱置的小說糟糕，更令人不安的是，我似乎喪失了寫作短篇故事的能力。不知怎地，我彷彿滑入了不會寫作的幽冥地帶，找不到出口。就像被鎖鍊綁在

那 75 頁的沉船上，沒有鑰匙，也沒辦法修補船身的破洞。

想要聊聊頑強？這種情況持續了整整五年。該死的五年。五年以來每天都失敗？我是個鐵石心腸的人，但那長達五年的失敗對我的心靈造成了影響，讓我瀕臨崩潰邊緣。在第五年的尾聲，或許是為了拯救自己，為了逃避我的絕望，我開始相信，在寫作上我已用盡全力，但我不過是小聯盟等級的拉爾夫・艾理森（Ralph Ellison），或是少年足球聯盟等級的愛德華・里維拉（Edward Rivera）（譯注：以上兩人皆為美國知名作家）。或許為了我的精神狀態著想，現在該是轉行的時候。如果未來的某一刻，靈感再次找上門來，那很棒。但我知道自己再也無法繼續目前的狀態了。我就是沒辦法。我當時和未婚妻同住（我們現在分手了，那是另一個可怕的故事），因為太過憂鬱，又憎恨自己，以至於幾乎沒辦法過正常的生活。我終於向她提出，或許我該做些別的事。我的未婚妻如此急切想看到我開心起來（又或者我的恐懼讓她相信，我也許已經江郎才盡），以至於要我列出表格，看看除了寫作以外，我還能做些什麼。

我不像她一樣，習慣用列表來決定事情，但我還是照做了。我花了一個月列出三件事（我真的沒有很多技能），又花了一個月盯著這張表。等待、期盼、禱告我的書、我的寫作、我的天分能迸出火花，讓我在最後一刻得到釋放。但什麼也沒發生。所以我把書稿放在一旁，把數百頁失敗的稿件裝箱，收進櫃子裡。我想，這麼做的時候我哭了。五年的人生和我所懷抱的夢想皆付諸流水，都因為我

沒法像其他人一樣完成一部小說。當時的我甚至對於偉大美國小說沒有興趣。只要能寫出這部很可能被人遺忘的紐澤西小說，就會讓我得意洋洋。

我不再上書店，不再讀《泰晤士報》的週日書介，也不和我的作家朋友聚會。我內心湧上的憤怒與絕望、和未婚妻的爭吵，都因此停止。我陷入陰鬱的半衰期。開始準備邁入新生活的我，在九月重返校園。（我不會告訴你我打算做什麼，太難以啟齒了。）在等待九月開學的期間，我會在寫作室花上數小時，攤開四肢躺在地上，胸膛上放著我的列表，希望表中那些事可以為我帶來人生的方向。

或許我可以堅持到底。一切都很難說。但這世界和我們的心一樣難以掌握。某個八月的夜晚，輾轉難眠的我對於放棄寫作感到厭惡，但必須重拾寫作的想法更讓我害怕。我翻出書稿，重新研讀。心中想的是，如果我能在這些書稿中找到一個優點，我就繼續寫下去。只要一個優點。就像丟硬幣一樣，我讓書稿來決定。猜猜我用整晚時間閱讀我寫下的每個字，發生了什麼事？這些書稿看起來仍舊很糟糕。事實上，因為有了距離，內容的缺陷比我所想的更嚴重。我無心繼續，但我還是這麼做了。我趁未婚妻睡著時，從準備丟棄的書稿中抽出那精采的 75 頁，坐在書桌前。儘管我身體的每個細胞都在大喊著「不要，不要」，我還是跳回了寫作的無底深淵。奇蹟並未立即發生。在我這麼多年來夢想中的小說終於成形之前，又經過了兩年的心碎，完全茫然的不知所措。而在我終於能夠從書桌前

抬起頭來，說出我十多年來一直想說的那句「完成了」，又過了三年。

簡而言之，這就是我的故事。不是我怎麼開始寫小說的故事，而是我如何成為作家的故事。說實話，我並未在第一次動筆寫作，或是完成第一本書（簡單）或第二本書（困難）時，就成為作家。對我來說，作家之所以為作家，並非是因為他寫得好又輕鬆，也不是他有神奇的天賦，或是有點石成金的能力。就我看來，作家之所以為作家，是因為即使眼前毫無希望，做的任何事都看不見前景，你還是繼續寫作。一直到那個晚上，當我直面自己寫過的所有差勁書稿，我才了解，真正地了解自己是位作家。

——朱諾・迪亞茲（Junot Díaz）

其小說《貧民窟宅男的世界末日》（*The Brief Wondrous Life of Oscar Wao*）獲得 2008 年普利茲獎，另著有短篇小說集《你就這樣失去了她》（*This is How You Lose Her*）及《溺斃》（*Drown*）。目前擔任麻省理工學院的寫作教授。

墜落地面的女人
The Woman Who Fell to Earth

總想著失敗會讓我們變得悲慘，但只想著成功會把我們變成划槳的奴隸，單憑著「我討厭這件事，但至少我能做好它」這個想法，就會被困在悲慘的船凳上。

Dwelling on failure can make us miserable, but dwelling on success can turn us into galley slaves, bound to our wretched benches solely by the thought, "I hate this, but at least I do it well."

◆

我的童年有大半時光都消磨在繪畫之中。我上大學，選修第一堂繪畫課時，拿起鉛筆讓我覺得無比自在。我的老師名叫威爾‧雷曼（Will Reimann），是一位傑出的匠人。為了讓他驚豔，我使出渾身解數，展現出大量的各式線條、漸淡、漸層。有天我在畫畫時，有個東西放在我的素描板上。那是一枝製圖工程筆。

「從現在開始用這枝筆，」雷曼老師說，並露出不懷好意的笑容。

我太討厭那枝筆了！我只能用它畫出僵硬而無法改變粗細的線條，

讓我所有絢麗的鉛筆繪畫技巧都派不上用場。你或許會想，我的老師應該會對我有所幫助，或至少很寬容。但其實不然。他會看著我糟糕的繪圖，嘟嚷著說「喔，天啊！」，然後像個偏頭痛患者一樣，雙手抱著頭走開。我的藝術成績直落谷底。挫折讓我痛苦不已。

然而，幾個星期後，我坐在另一個課堂上，拿著那枝製圖筆做筆記，發生了一件事。我在無意之間，握著那枝可怕之筆的手開始舞動。我的手和筆同心協力，開始做出奇異的記號：表示陰影的細密平行線、重疊的圓圈、用點畫畫出的斑點。

我接下來完成的繪畫在一場由評審所評選的藝術展中勝出。「你是怎麼知道製圖筆可能做到這些？」一位評審問我。

「我失敗過，」我說：「一次又一次失敗。」

從此之後，我有過諸多機會來讚頌失敗，不論是我的失敗，或是他人的。而且我發現，成功者和失敗者之間最顯著的差別是，成功的人失敗更多次。如果你將失敗視為如影隨形的猛獸，甚至毀了你的生活，換個角度來看，這頭猛獸就能成為親切的老師，打開你的心房，讓你能夠想像成功到來。

我的寵物美容師朋友蘿拉曾培育並展示過得獎的貴賓狗。有天下

午，她來到狗公園，看來十分沮喪。

「怎麼了？」當我們的寵物愉快嬉戲時，我這麼問她。

「伊沃克，」蘿拉悲傷地以頭點向她那隻毛髮精心吹整的狗。「昨天的競賽中，牠連名次都沒有。連名次都沒有！牠那麼討厭輸！」她的聲音如此苦澀，讓我不禁皺起眉頭。「牠應該是競賽中最棒的，」她說：「看看牠，牠如此完美！」

我看著伊沃克。牠看起來很不錯，但要說完美？對我來說，要說貴賓犬的腿長比腿短好，似乎顯得荒謬。拜託，貴賓犬就是貴賓犬。我相信伊沃克也會同意我。牠看起來並不像是討厭輸的狗。當牠發現一個壞掉的飛盤，會表現得像是亞維拉的德蘭修女，因為聽到神和她說話，而經歷了狂喜。

蘿拉的憂傷並非源自於那場狗兒競賽發生的事，而是她對於失敗的想法。這樣的觀念不存在於伊沃克的腦海裡，所以牠能單純地享受生活。從伊沃克的角度來看，參加競賽獲勝，參加競賽失敗，到公園東聞西嗅地尋寶，都是好事。同時，蘿拉對於失敗的想法讓這些經驗變得不再單純。幸好，她不至於落入比失敗更糟糕的陷阱，那就是成功。

不知道我聽過多少次人們這麼對我說：「我討厭我正在做的工作，

但我很擅長這個工作。若是去做我想做的事，就得從頭開始，也可能會失敗。」總想著失敗會讓我們變得悲慘，但只想著成功會把我們變成划槳的奴隸，單憑著「我討厭這件事，但至少我能做好它」這個想法，就會被困在悲慘的船凳上。這很諷刺，因為研究學者說，滿足感源自於挑戰。思考一下：一個你總是打贏的電玩遊戲會讓你覺得無聊，但一個你偶爾會贏、而且必須經過深思熟慮才能贏的遊戲，才有意思。

殺時間的遊戲，因為賭注非常低，幾乎每個人都願意承受失敗的風險。但當涉及我們認為真正重要的事，比如開創事業或養育孩子，我們加倍努力、上緊發條、絕對不接受失敗。無論如何，理論上如此。真實的情況是，我們一定會失敗。若是不願接受這個事實，只會讓情況變得更糟。相反地，如果我們能夠面對自己的失敗，真心抱持遺憾，但不感恥辱，我們就能獲得寬恕、信任、尊重及與他人之間正向的關係。而這些收穫都是我們以為成功時才能得到的。

我要將擁有接受失敗的能力歸功於我的兒子亞當。雖然我很年輕就生了亞當，不菸不酒，飲食也正常，亞當仍舊出現染色體異常。從我教他說話開始，我就沒能讓他成為成功的學生、運動員、火箭科學家。在我看來，這種巨大的失敗無從彌補。

亞當幫助我發現，當我們感覺到的問題愈大，失敗就帶來愈好的禮物：我們能夠免於執著於成功的念頭。幸運的人能避開敵人。但真

正幸運的人（正如詩人魯米所說的那樣）「溜進房子以逃避敵人，並打開了面向另一個世界的大門」。

這可能以微小或巨大的形式表現出來。那天，我精通鉛筆的頭腦接受了失敗，並允許我的手開始與那枝工程筆共舞，新繪圖方式的大門便在我面前打開。接受了我無法為孩子創造「正常」生活的失敗，摧毀了巨大的假設，像「成功的母親有聰明的孩子」和「我的孩子永遠不該失敗」這樣深入骨髓的信念。

這樣的傷害讓我們想喊一聲「混帳東西！」，但當瓦礫清除，我發現自己身處一個世界，在那個世界裡，所有對於成功和失敗的評斷都是隨機且無足輕重，像美國犬業俱樂部對「完美」貴賓犬的定義一樣可笑（沒有冒犯的意思）。當評斷不再存在，顯然無時不喜樂。

失敗對我造成的影響就像它對許多人一樣：軟化、柔和、平靜、豐富，並激勵了我。詩人安東尼奧·馬查多（Antonio Machado）如此描述失敗：

昨晚當我睡覺時，
我作了夢——奇妙的錯誤！——
夢到我有一個蜂箱，
就在我心裡。
而金色的蜜蜂，

正在製作白色的蜂巢，

以及甜甜的蜂蜜，

材料正是我從前的失敗。

我不能說我期待著即將面臨的失敗。但失敗隨時都可能出現，所以
我很幸運，知道失敗降臨時該怎麼辦。我的策略也適用於你。伸
展；呼氣；放開「哦，不！」的心情，學著說「哦，好吧」。然後，
不管在你面前打開哪扇門，走進去。

——瑪莎·貝克（Martha Beck）

生活教練，自 2001 年即在《歐普拉雜誌》擔任專欄作家。最新作品為《黛安娜，她
自己：覺醒的寓言》（*Diana, Herself: An Allegory of Awakening*），以及暢銷書《找到自己
的北極星》（*Finding Your Own North Star*）和《等待亞當》（*Expecting Adam*）。《瑪莎·
貝克全集：創造你的正確生活（第一冊）》（*The Martha Beck Collection: Essays for Creating
Your Right Life, Volume 1*）是她在《歐普拉雜誌》發表的文章集結。

冒兩次險並在早晨打電話給我
Take Two Risks and Call Me in the Morning

但我確實想要生活更加充實。所以我決定每個星期冒兩次險。這樣的風險可能很小，甚至沒有，那並不重要。我想做的就是有意識地敞開心房，擴大自己能夠體驗的範圍。

But I did want more life. So I decided to take two risks a week. They could be tiny or not, it didn't matter. The thing was to consciously open up, to expand the range of what I'd get to experience.

◆

一個尋常的九月天，當我走在布魯克林通往「關鍵」食品超市（Key Food）的街道上，我看到了我生命的形狀。那是一條狹窄的走廊。我剛過 45 歲生日。雖然我仍然覺得自己像個穿七分褲的女孩，無限可能在我面前展開，但這個潮濕的早晨讓我驚覺時光飛逝。

我還沒走到轉角，便意識到我可能永遠看不到中國、紅海或澳洲的內陸。我想起大學三年級時，我躺在西班牙一個陽光明媚的原野，周圍是其他學生。那時的我認為自己有一天將會造訪地球上幾乎每個地方，彷彿我的人生就是一艘會帶著我遊歷四方的西班牙帆船。

我從未想到我必須負擔自己的帳單、道別，甚至選擇我的方向。我只以為未來的可能性會無止境開展，就像敞開的大門一樣。

現在我了解到，自己的生活變得相當狹隘。我每個星期的行程相同——和同樣的人去同一個地方，吃同樣熟悉的食物——而且我害怕變化。多年以來，我發現旅行雖然精采絕倫，卻會過度刺激感官：我發現自己渴望我那張不堅固的桌子，以及待在我長大成人的城市裡所居住的家。我其實並不渴望不受束縛的生活。

但我確實想要生活更加充實。所以我決定每個星期冒兩次險。這樣的風險可能很小，甚至沒有，那並不重要。我想做的就是有意識地敞開心房，擴大自己能夠體驗的範圍。例如，不去點中國餐館裡我喜歡但已經知道味道的宮保雞丁；在我所教授的寫作課程中，不要保持同樣安全但疏離的俗套。一個星期冒兩次險看來在可以控制的範圍，於是我馬上開始實行。我為我所教授令人膽怯的學生帶來了一種新奇的熱帶水果，叫做曼密蘋果（mamey）。這群學生聰明、高雅、看來不屑一顧。其中一名學生在一篇關於古巴的文章中提到了這個水果，說它的味道難以形容。

我舉起水果讓每個人都看到。「同學，」我說：「今天我們要描述這個難以形容的東西。」然後我把水果切成幾片發下去。一開始，學生們近乎傲慢的態度似乎反映出這種氛圍，「這值得我花時間研究嗎？」但在我們嗅聞、咀嚼並簡單寫下之後，他們愈來愈不用理智

思考，愈來愈富有表現力。教室因為笑聲和討論而喧鬧起來。

幾天後，我把頭探進一位氣場強大的同事的辦公室門口，邀請他喝咖啡。當他凝視著我時，我試圖平息胃裡那種恐怖的感受，但我聽到自己脫口說出：「我每週要冒兩個險。這是其中一個。」

「我沒有那麼可怕，」他說。兩週後我們喝了咖啡。如奇蹟般，他成了我在該系的朋友，而我也成為他的朋友。他告訴我，他在那所學校任教的五年之中，除了系主任之外，沒有人去過他的門口，直到我出現。

除夕那天晚上，在觀賞過吉伯特與蘇利文的業餘表演之後，我在其中一位歌手走在街頭時走向他。我這麼做只是因為那天已經是星期三，不，其實是星期四凌晨！新的一年開始，而我那個星期還沒有冒險。「謝謝你，」我跟他說：「你是最棒的。我一直在等你回到舞台上。」

他看起來很吃驚。「你在開玩笑！」他說：「哇！」

當他走開時，我感到一陣敬畏。他不知道他有多麼好。

從那時起，我餵過一隻犀牛寶寶，吃了檸汁醃魚生，打電話到我的選區議員辦公室，並嘗試了一家新的自助洗衣店。這一切只為了告

訴自己，結果如何並不重要，我的目標只是冒險。到後來，冒險開始變得有趣。我會心跳加速地打電話給《紐約時報》，要求轉接到「都會專欄」，但不必等到有人接起電話才行。然後在我問到負責編輯的姓名，知道可以把文章寄給誰之後，感受那有如開香檳慶祝的喜悅。所有用來焦慮和克制的能量，最後反而都轉為慶祝。

幾乎每一次冒險都快樂地結束。《紐約時報》的確沒有採用我寄去的那篇文章，而檸汁醃魚生讓我噘起了嘴，但現在我知道我喜歡木瓜沙拉、金桔及如寶石般鮮紅的甜菜根。我在一家時尚雜誌的叢書部門工作到午夜後。我同意教導聖荷西一群女性神學研究者寫散文。我會害怕（有些神學研究者相當知名），但那是我要冒的險，所以我只是期待與她們見面，並探索出她們會如何拓展我的生活。

一個星期冒兩次險讓我得到早在一年前就已盼望的結果。這麼做讓我過著更豐富的生活，讓我在微小的程度上成為別人──比較大膽的人──然後品嚐獎賞。當議員幫助我的時候，當犀牛寶寶咬了蘋果塊時，當表演者的臉展現光采，奇妙的感受充滿了我。這就是我的中國、我的內陸，屬於我自己的熟悉世界，正敞開接受陽光灑落。

──邦妮・傅利曼（Bonnie Friedman）

著有暢銷選集《寫作越過幽谷：羨慕、恐懼、困惑，以及作家生涯中的各種困境》

（*Writing Past Dark: Envy, Fear, Distraction, and Other Dilemmas in the Writer's Life*）。她的最新著作為《放棄奧茲國：散文人生》（*Surrendering Oz: A Life in Essays*）。

嶄新的一天

A NEW DAY

如果你想找到一條路，而你甚至不知道，
能夠成功抵達並不只是微小的奇蹟，
那麼我不知道怎樣才算是奇蹟。

——蕾秋・喬伊斯（Rachel Joyce），英國作家

真相就在那裡
The Truth Is in There

只有意識，沒有故事。它——那純粹、無所罣礙的意識從未見過任何東西。它未曾生出。

There was just awareness, no story. It — that pure, unencumbered consciousness — had never seen anything before. It had never been born before.

◆

2008 年的夏天，經診斷後發現，我的乳腺癌出現轉移復發。我在五年前就已被診斷出罹患第三期乳癌，相較之下當時還讓人感到輕鬆。如果你不熟悉癌症分期，我會引用艾瑪‧湯普森（Emma Thompson）在《心靈病房》（*Wit*）一劇中的台詞：「沒有第五期。」我聽到醫師說「肝臟」，又聽到醫師說「肺臟」，兩者聽起來都像在宣告死刑，以至於有一段時間我什麼也聽不見。我去化療時，並未像第一次一樣，帶著兩個小兒子的照片。我不忍心看著他們的臉，因為我可能會讓他們失望。那是個充滿陰暗和恐懼的夏天。

然後有一天，沒有特別原因，我突然想到，也許我應該試圖振作起來，而非繼續在床上哭泣。我有個瘋狂的想法，並決定付諸實行。

那一刻我的資源有限，身邊只有電視遙控器、筆記型電腦和一罐營養飲品。我開始瀏覽歐普拉網站。

我看到三段影片，歐普拉採訪了一位 60 多歲的女性，她有著白色短髮，非常特別的紫羅蘭色眼睛，令人著迷的平靜和親切的態度，還有個奇怪的名字，叫做拜倫·凱蒂（Byron Katie）。凱蒂在 43 歲時，有了改變人生的覺識，那就是了解活在當下現實的重要。她告訴歐普拉，所有在我們腦海裡折磨我們的痛苦都不真實，這只是我們用來折磨自己的故事。

一個肝臟中有腫瘤的癌症患者最不想聽到的就是，她的痛苦只存在於她的腦海裡。但凱蒂要告訴我們的不僅於此，所以她介紹了一個完全可複製的簡單系統，可以擺脫讓我們受苦的想法。「所有的戰爭都在紙上，」她對歐普拉說，然後她解釋了如何去戰鬥：你寫下每一個帶給你壓力的想法，然後針對這個想法問自己四個問題。

這是真的嗎？
我可以肯定這是真的嗎？
當我相信這個想法時，我會怎麼做？
如果摒除這個想法，我會是怎樣的人？

之後，當你完全駁斥了這個想法，你就用「轉向」來取代它，也就是提出相反的想法，那樣的想法「再真實也不過」，並且不會讓你

受苦。

我拿起日記，開始練習。我幾乎馬上就感覺到轉變；但我至少又等了一段時間，心中的困擾才開始緩解。沒錯，我確實被診斷出第四期癌症。另一方面，如果你追問，我肯定知道自己患有癌症嗎？我必須承認我不肯定。畢竟，我正在化療中。就我所知，效果非常好。我有癌症的想法讓我感到害怕，覺得自己動彈不得。若能拋開這個想法，我就是自由的。我只是我自己，坐在窗戶敞開的臥房床上，生氣勃勃，享受微風。

頭一、二天，我就有了很好的進展。我問問題，用「轉向」來繼續，每次做完都覺得心情變好。但我有一個預感，靠我自己只能做到這個程度。我長期受到某件事所困擾，但我並不清楚是什麼，更不用說提出問題。我接下來做的事有點瘋狂，因為看到自己不過寫下一些問題和答案，就能大幅改變我的心情，所以對我來說，接下來要做的事只有一件，那就是坐下來和拜倫·凱蒂聊聊。

拜倫·凱瑟琳·里德（Byron Kathleen Reid）在加州巴斯托及周邊地區長大，那裡位於洛杉磯東北一百公里處的貧瘠高地沙漠中。她的父親是鐵路工程師，她的家庭在巴斯托和鄰近的尼德斯之間來回搬遷，而她的童年過得很平凡。當凱蒂這個漂亮而智力普通、有著茂密黃褐色頭髮的加州女孩，在1960年來到弗拉格斯塔夫就讀北亞利桑那大學，她並不熱切期盼在學業上出類拔萃。

她墜入愛河，並在大一學年結束之前輟學，嫁給了男朋友。他們有三個孩子，但這場婚姻並未成功，最終離婚。三年後，凱蒂投入另一次糟糕的婚姻。再次困在巴斯托的她，開始陷入於沉溺、憤怒、暴飲暴食和苦難的深淵，導致她自殺的念頭不斷。她看起來被困在無法翻身的地獄。

1986 年，茫然而不知所措的凱蒂，要求丈夫開車載她到洛杉磯的一間中途之家。那裡的其他居民都對她的憤怒感到害怕，拒絕與她同住一間臥室，堅持要她獨自睡在閣樓。

她的自尊心如此之低，認為自己不配睡在床上，於是選擇睡地板。凱蒂就這樣蜷曲在閣樓中，伴隨著內心翻騰的寂寞與混亂，睡了一晚。

如果你曾經在不熟悉的房間裡醒來，有幾秒鐘不知自己身在何方，有生以來第一次認不出方向，甚至不知道自己是誰，那麼你就知道，第二天早上在凱蒂身上發生了什麼事——但有一個例外。對於她來說，「我」的感覺並沒有立即回來。數據並未上傳。也許這是一次神經科學事件，也許是頓悟，但有一點是肯定的：她對自我認同的負擔得到解除。

那天早晨在中途之家，有隻蟑螂爬過她的腳，於是她醒過來——或者，如同她有點讓人混淆的說法，「它」醒來了。這裡的「它」不

是那隻蟑螂，而是她自己腦中的純粹意識。凱蒂感覺到，自己透過圓滿的中立觀點看世界，其中並未加入她自己的背景故事。

「只有意識，沒有故事。它——那純粹、無所罣礙的意識從未見過任何東西。它未曾生出。」（這種啟示通常伴隨著飢餓感。）「我意識到，」她說：「心靈可以映照出全世界。」

她的意思是：這世界存在著現實，也存在著你的認知對於現實的投射所生成的電影。這世界有洋裝，也有告訴你如何看待洋裝的電影。你的心智投射這部電影告訴你，你將遭到開除，或是你毀了一段友誼，或是你毫無品味可言。

待在中途之家閣樓的那個早晨，讓凱蒂了解到，你絕對可以走到電影放映機旁，把插頭從牆上拔下來。「度過人生的方式有兩種，」她說：「一種是憂慮不安，另一種不是。一種會傷害你，另一種不會。無論你選擇哪一種，日子都要過下去。想一下，你作噩夢的時候，難道不會想要醒來嗎？這就是我對大家的建議，醒過來，回到現實。」

凱蒂一回到巴斯托，那裡的人們就注意到她的轉化。每個人都想知道她做了什麼，突然變得如此喜悅，如此能夠活在當下，擁抱生命。無論是什麼，他們也想如法炮製。於是凱蒂開始談論她遭遇困擾時問自己的四個問題，而在這個過程中，種子漸漸成長，最後壯

大成一間大企業。她開始邀請人們花些時間和她在一起，以便觀察她生活的方式。很快的，一小組又一小組的學生聚集在她家中。當她受邀在柏克萊對一群心理學家演講之後，那些小組變成出現在研討會的大批追隨者。而研討會的主題就是後來為人所知的「拜倫·凱蒂的轉念作業」，也就是用四個小問題來處理生命中的情緒困擾，能夠達到出乎意料簡單又極為有效的方法。

為了推廣這個已受百萬人歡迎的轉念作業，凱蒂開設了 28 天的住宿工作坊，稱為「轉向之家」（提供給成癮者及有著根深柢固自我挫敗行為的人），並不斷開設免費課程，尤其針對獄中囚犯。

雖然她會對個人諮商收費，但她的網站上卻免費提供執行轉念作業所需要的全部材料，其他並包括展現出她如何引導人們完成「轉念作業」的影片。有時候，這些人的困擾相當可怕，願望如此哀傷，以至於她的問題儘管是以最溫柔、誘勸的方式提出，仍舊顯得殘酷。「這是真的嗎？」她不斷刺激那些承認他們的生活中存在著折磨事實的男人和女人。「那真的是真的嗎？」然而，隨著凱蒂的幫助，這些人似乎發現他們的負擔突然且幾乎可說是奇蹟般地解除了。

那就是為什麼在 2008 年夏天，需要一個屬於自己奇蹟的我，開車前往凱蒂位於加州奧海鎮馬鄉的家。我從洛杉磯的家開車往西北部一個半小時，抵達了目的地。我和一個朋友同行，並在海邊度過了美好的時光。那天有種命定、甚至是神奇的氣氛。（當你 46 歲、罹

癌，並在探訪一位大師的路上每十分鐘就尖叫著「公路之旅！」，那你很容易就興奮到忘乎所以。）然後我們到達了一棟白色房子，坐落在如極樂世界般種著蘭花和各式花朵的廣闊花園中，房外以大型鍛鐵門保護，我心中升起不可思議的奇妙感受。

凱蒂的丈夫（她偏愛的第三任丈夫史蒂芬・米謝爾是一位暢銷書作家兼翻譯）讓我進門之後，我在光線充足的寬敞玄關等她。我忍不住想，「所以就是這樣：藥沒有效，我現在來看某種信仰療法的療癒師。」一位非常富有的信仰療法療癒師，喜歡白色。不像那種你在生命盡頭時看到的大白光，而是那種在你買家具和地毯時，每個人都會警告你不要買的白色，因為很容易弄髒。但這裡的白色並不髒，而是光芒四射。像是射進窗戶的光一樣美麗。

然後，她走向我，並對著我微笑。她穿著設計師艾琳・費雪（Eileen Fisher）自有品牌的衣服，穿著的方式就如衣服設計時所想要呈現的樣子（尊重身體的真實狀態，讚揚老年女性的感性）。即使我們未曾謀面，她的笑容仍讓我覺得她一直等待著再次見到我。「妳好，親愛的！」她擁抱著我說。我不常和人擁抱，但我低頭微笑著配合她。

我跟著她走過長長的白色走廊，進入臥室旁的起居室，並收下一杯涼水，然後說明我的情況。或者說，我唸出我為了這一刻所寫下的痛苦宣言。我讀到罹癌的情況，我有兩個需要我的小孩，我的臨床

診斷非常糟糕的原因，化療如何讓我精疲力竭，以及我有多害怕，不知道治療是否有效，我有多討厭禿頭，還有一個又一個的狀況。

當我終於給她機會說話時，我想，她會試圖讓我對我的預後不那麼害怕，或者說服我，即使禿頭，我也能感覺到美麗。完全出乎我的意料，她反而說：「妳的孩子需要妳。那是真的嗎？」

我像是覺得她瘋了般地看著她。「是真的！」我說：「他們才九歲！還是小男孩！他們才剛讀完四年級！」

對此她脫口而出，「嗯，妳的孩子需要妳。那是真的嗎？」

我勃然大怒，想轉身就走，但我說：「是的，這是真的！我的孩子顯然需要我。」妳這位怪異、瘋狂的女士，我一回家就要取消開給妳的支票。

然後她就像問起我在哪裡買的毛衣一樣冷靜地說：「他們現在在哪裡？」

「他們和爸爸在一起，」我說：「我的老公。」

在這一刻，我腦海中閃爍著一絲微光，但我並沒有注意到，因為我無暇顧及。然後她極其平靜地說：「他很會帶那兩個兒子嗎？」

我當然立刻回答：「哦，是的，他是世界上最好的爸爸，他為他們付出很多，而且他們三個人關係很好，親密到你無法想像。他應該要當選模範父親。」

她完全不帶感情地說：「妳的孩子需要妳。那是真的嗎？」

我只是坐在那裡，不發一語，一動也不動，然後在我心中出現你不會相信的爆炸聲，我知道凱蒂抓到重點了。

讓我覺得身處地獄的不是癌症，不是化療，也不是禿頭。讓我覺得最恐怖的是，如果我沒能熬過這場病，我的兒子也沒辦法。但他們可以的。他們可以！事實上，如果我沒能熬過去，我的兒子會沒事的。他們的爸爸會照顧他們。還有我們所有的親戚，教會裡的每個人。他們都會沒事的。如果必須如此，沒有我，他們也會熬過去。

「親愛的，沒錯，」當我明瞭這所有一切，凱蒂只說了這句話：「認為如果妳不在人世，別人就活不下去，有多自戀。」

她發現了我自己從來沒有膽量去思考的想法。這個想法如此巨大而可怖，我甚至看不見。她之所以發現這個想法並非因為她比我更了解我自己，而是因為她坐在我身旁聽我說話。她是現在。她身處當下，而這正是轉念作業要我待的地方（享受我的生命、丈夫和兒子的陪伴，而不是在生存恐懼的海裡漂流）。如果那個夏日，你坐

在凱蒂敞開窗戶外的花園裡，先聽到我的恐懼，然後是我的震驚，接著是我的混亂，再來是我的憤怒，你最終也會聽到我的笑聲，這一切都歸功於那個已經改變我人生的問題。

「哦，親愛的——那是真的嗎？」

——凱特琳・佛萊納根（Caitlin Flanagan）

《大西洋週刊》的特約編輯。她已有七年未復發癌症，而她的兒子於 2016 年已高中畢業。

變得更加輕盈
Getting Lighter

重量，重量，重量，重量一詞不斷在我腦海縈繞。然後彷彿所有人都消失。我聽不見沙龍、運轉中的吹風機和女人耳語的聲音。

Weight weight weight, that word weight kept going through my head. And then it was as if everyone disappeared. I lost the sounds of the salon, the hot hair dryers and women whispering.

◆

我還記得我第一次出現憂鬱的那一天，當時我五歲，夏天的豔陽把一切照得亮白，灌木叢裡盛開著玫瑰，整個世界突然變白，所有顏色退去，一切曾經充滿活力的事物變得空洞。我不知道原因。我只知道，憂鬱隨著我長大，在我的身體裡流動，引著我的腿，讓我的腦袋充滿迷霧。如今我已年近 50，憂鬱似乎已長住我心，像塊有著微細斑點的石頭，其輪廓隨著時間而變化，本質則保持不變。我的憂鬱會變魔術。噗！每一天都會在下午四點或四點半左右出現，然後砰一聲！在黎明時分離開。它讓我元氣大傷，偷走了樹木、樹葉、襪子和勺子的顏色，一切都彷彿被下了咒，變得靜止而沉默。

我並非在抱怨，如果我是，那也並非有意。感謝抗憂鬱藥，我一定會有差不多七個小時的清醒時間，我努力地善加利用，逐一處理待辦事項清單裡的項目，想辦法完成工作，以便在迷霧來臨時，至少能讓一切事情就緒。然而，清醒的七小時並不多，不到一般人能有約略 16 小時的一半。去年，我買了一個大時鐘，掛在我們房子的中心，也就是廚房，以便能夠聽得最清楚。我的孩子抱怨大鐘的整點報時聲，但我開始依賴這個對於我的困境及其需求的不斷提醒。

我的生活中充斥著半途而廢，這一點應該不令人意外。例如，我總是遲報稅。我的孩子經常未能赴醫師和牙醫的約診，儘管重新安排，也可能再次錯過。我上大賣場找他們的衣服時，會盡可能快地從衣架上扯下來，購買這個社會要求他們穿著的褲子和裙子。多年來，我自己的服裝稱不上體面。大部分的時間，我最好的打扮就是穿著睡褲，腰間的鬆緊帶已經彈性疲乏，再加上一件有著汗漬的灰色襯衫。我的頭髮有兩種顏色：髮梢是像貧血般的黃色，髮根是堅硬的白色。浴室的窗台上放著染髮劑。我一直想要染髮，但從來找不到時間。

事實真相是，我是個裝扮邋遢、衣著過時的人。我的衣服大多是二手貨，毫無風格可言。我的指甲下總是藏著汙垢，也沒有漂亮的形狀，只是每幾個月剪掉過長的部分，讓我粗短的手指看起來更加明顯。我從未修過腳趾甲，也不覺得有其必要，畢竟我每天只有七個小時能有生產力。我的丈夫自己有點不修邊幅，卻會因為我疏於打

扮，偶爾用禮物激勵我：他會送我從不使用的香水，或是裝在盒子裡，綁上紅色緞帶的耳環。他拿出禮物時很害羞，也猶豫不決，因為他覺得這和他的女權主義傾向並不一致，卻訴說了更深刻的願望——他希望有個就算看起來不漂亮，但也至少要夠好的妻子。

長久以來，我很少有時間或精力淋浴。正因為如此，幾個月前，我在尾椎發現了膿瘡。一開始，我以為尾骨挫傷了，但過了幾週之後，痛苦不減反增，當我把手伸向附近時，感覺到一個發熱且充滿液體的硬塊。醫師告訴我，我得了一種叫做「藏毛囊腫」的疾病，這種疾病不好對付。第二天，我俯臥在外科醫師的鋼檯上，將囊腫的膿液排出。手術過程痛苦到言語無法形容。外科醫師只在局部塗上沒有什麼效果的麻醉藥，並未另外將我麻醉。他將囊腫切開，用力擠出裡面的膿液，我聽到膿液噴出的聲音，並看到一大塊白色的布上沾上了血、膿液以及綠色黏糊糊的嚇人東西，聞起來相當惡臭。他把紗布和棉芯塞入傷口，並告訴我要保持清潔，並在兩個星期後回診，取出棉芯。當我離開診間時，他開給了我止痛藥的處方箋，儘管上面標示一次只需要服用兩顆，我還是立即塞了四顆。我躺在床上，看著空氣在房間迴旋。

囊腫的成因是皮膚下的汙垢。即使在恍惚之中，我都意識到，我太過忽略自己，已經超出可以接受的程度。我現在已經受到感染。不管我有沒有憂鬱症，我都必須花點時間梳理，在早上淋浴，出來時裹著柔軟、蓬鬆的毛巾。我想到很久以前讀過的一篇研究，因為時

間太過遙遠，我已經想不起出處，但我仍記得其中的要點，那就是情緒受到外表的影響。我讀到這篇研究時覺得很奇怪，到現在仍舊如此認為。情緒如此深刻和內在，如此頑強不屈，光是清潔雙手和頭髮怎麼可能移開那隻巨獸？然而，研究表明，改善日常生活的活動（如淋浴、梳頭髮）與減輕憂鬱症症狀之間存在著密切關聯。

身為受過訓練並有學位認可的心理學家，我決定建立一個實驗。如果我打扮自己，我的心情是否會隨著外表改變？在我低潮、憂鬱的時候，如果我努力讓自己看起來體面，會發生什麼事？

我的計畫是，持續三個星期，每天都打扮自己，看看是否可以透過改變外在來改變內心。當我在鎮上看到一則廣告，有個自稱美容顧問，叫做戴安的女人時，決心選擇這條道路。只要付出一小筆費用，她會來到你家，教你如何全力以赴，涵蓋的範圍從化妝到衣服、鞋子、頭髮。

三天後，戴安的車開進了我家的車道，她從後車廂裡拿出了兩個笨重的箱子。她有著黑色捲髮和塗上口紅的嘴唇，穿著圓領碎花長版衣，衣服背後有個大蝴蝶結。當她走上我家的走道時，她的長褲在風中飄揚。

喪失信心的我打開門說：「箱子裡有什麼？」戴安伸出手說：「嗨，我是戴安。」我握了握她纖細的手，注意到她那充滿光澤的粉紅色

指甲。她把箱子放在地板上說：「這些？這些是打扮前和打扮後的照片，來自我曾經合作過的客戶。」我和她一起坐在客廳裡，在我身上的是流膿的膿瘡和骯髒的衣服，她則充滿紫丁香的香氣。當我們翻閱照片並討論我的裝扮計畫，戴安站起來，後退一步，把我從頭到腳打量一番，思忖片刻，說了一個詞：頭髮。

我點了頭。頭髮。我們從那裡開始。

我們約了十點，恰好在我每天的低潮期中，所以當我們約好的那一天到來，我幾乎無法把自己從睡得暖和的床上爬起。我聽到門鈴響，然後聽到「有人在嗎？」。伴隨著戴安的高跟鞋咔噠聲，她來到我的床上，把我拖到設計師的椅子上。

美髮沙龍都是螺旋式樓梯和令人眼花撩亂的洗髮精、護髮乳、捲髮造型霜、慕絲、髮膠、噴霧。我被帶到更衣室，被要求脫下上衣，很快地穿上一件皺巴巴的黑色長袍，並且用腰帶繫住腰間。長袍是為苗條女性設計的，我的龐大身軀被暗扣勒緊，拉扯下胸前的布料，讓乳溝跑出來，讓我想用手遮住。但是，「來囉！」戴安輕敲更衣室的門說，所以我走入充滿甜美香氣的潮濕空氣中。

我的造型師是安德魯，看起來 60 歲左右。「他是這裡最棒的，」戴安低聲說。安德魯站在我的椅子後面，看著鏡子裡的我。然後，他走過來面對我，跪下，恭敬地用雙手捧著我的臉頰，把我的頭往左

移動，又往右移動，打量著我。他輕輕地點了點頭，很快地站起來，拿起一把看起來非常大的剪刀，就像從故事書裡出來的東西一樣，對準了我的頭髮。

「等一下，」我說：「等等，等等。」所以安德魯停了下來，巨大的銀色剪刀在空中停住。我說：「你不問我想要什麼髮型嗎？」

「妳不知道妳想要什麼髮型，」安德魯說。他說得沒錯，我不知道。「交給我吧，」他說。然後他開始工作。他一心投入剪髮，幫我的頭髮剪層次，把側面打薄，一束一束濕漉漉的長髮掉落在地，我帶著上升的恐懼看著它們：該不會全部剪光吧？剪刀發出喀擦喀擦的聲音，滴著水的深色頭髮持續掉落。安德魯轉著圈，環繞坐在椅子上的我，把我的椅子升起又下降，然後突然之間，沒有提前放慢動作，他停了下來。我之前過肩的頭髮，現在的長度在脖子附近，而這是幾年以來，我的脖子第一次沒有頭髮覆蓋。安德魯緩慢地繞著我轉，彷彿在進行偉大的儀式，讓我轉圈，直到我正對鏡子才停下。他將我潮濕的頭髮吹乾，讓頭髮從原本長髮的重量、雜亂瀏海和捲度中釋放出來，現在我的頭髮略呈波浪狀。「妳喜歡嗎？」他問，然後不等我回答，站在我身後的他屈下身來，所以我們的臉在鏡子裡並排著。

「聽我說，羅倫，」他說。
「我在聽，」我說。他靠得很近，我都可以聞到他的古龍水，像是

一片松樹和冬天的香味。

「羅倫，」他又說：「妳的頭髮很重。」

我點了頭。站得有點遠的戴安也點點頭。

「那所有的重量，」安德魯說。

我突然想哭了。

他說：「我已經將妳從這所有重量中，釋放出來，現在，」他像打開盒蓋會彈出玩偶一樣突然躍起，「現在，看看我們現在的髮型，」他曲著手掌放在我的頭後方，扭轉一束捲髮，稍微一拉再鬆開，使其回到完美的位置。「我敢打賭，妳永遠不知道妳在那所有重量之下有多麼令人驚嘆。」

「她很驚人，不是嗎，」戴安笑著說。

「令人驚嘆？」我說。那不可能。但當然可以改進。重量，重量，重量，重量一詞不斷在我腦海縈繞。然後彷彿所有人都消失。我聽不見沙龍、運轉中的吹風機和女人耳語的聲音。現在只剩下我和我的鏡子，我靠向鏡子，這些捲髮如此捲曲，貧血般的黃色已剪掉，我的頭髮現在是灰棕色，並點綴著有光澤的白色，看起來輕盈又有活力，我的臉看起來不一樣了，兩側的粉紅色使我的鼻子、嘴唇和眼睛看起來有點柔和，閃閃發光。我眨了眨眼。我還在那裡。我小心翼翼地摸了摸頭髮。然後我用力以手壓住，看是否能夠壓下突然翹起的頭髮，結果還是一樣，並未因此平順。我給安德魯 20 元美金的小費。

終於獨自一人的我回到家裡，走進洗手間，打開蓮蓬頭，站在水霧之下，清洗脖子和刺痛的背部，小心不要弄濕頭髮。然後，我沒有走出去，而是打開了浴缸的水龍頭，關上蓮蓬頭，讓我的腳踝浸入濕潤的溫暖之中。慢慢地，非常緩慢地，我低下身體，浸入裝滿水的浴缸之中，水從水龍頭溢出來。我上一次泡澡是什麼時候？為什麼我現在要泡澡？在離開美髮沙龍的路上，我買了各種顏色的沐浴球。我把沐浴球倒進來，往後靠著，一隻腳抵住浴缸牆壁的瓷磚，這樣我的腿就會在水面之外。我用我丈夫的刮鬍刀，多年來第一次剃光我的腿毛，這樣做之後我發現，儘管我有這樣的體重，小腿仍有曲線，大腿內側摸起來仍舊光滑。我在浴缸裡待非常久。然後我小心翼翼用毛巾擦乾身體，穿上洋裝。我覺得自己很可愛。也發現憂鬱症消失無蹤。

我的丈夫很快就會回家。我下樓，赤著腳在廚房裡等他。當他從門外走進來，他說：「妳怎麼了？」我高興地抬起頭來看著他。我喜歡他拱起眉毛、瞪大眼睛的樣子。我走到他身邊，把他的下巴往下輕壓。我給了他一吻，一個美好的吻，一個真正的吻，一個捲髮女人可以給予的那種親吻。他回應了我的吻。這個吻大約持續一分鐘。我感到充滿活力，覺得我們彷彿正在交流生命力。結束之後，我們以夫妻之間的祕密方式對彼此微笑。「我剪了頭髮，」我說。「我看出來了，」他回答說：「哇。」

下一週戴安帶我去購物，我在化妝品專櫃接受化妝。我買了一枝紫

紅色的唇線筆，我用它來描繪我的唇，再在其中塗滿顏色匹配的口紅。我最喜歡我的栗色眼線和銀色及杏仁色的眼影，這三種顏色搭配在一起時，會讓我的眼睛看起來更深邃、更夢幻。當我們離開店裡時，我還買了一條灰色長裙、一條有褶皺領口的鄉村風格襯衫，以及在小腿交叉的綁帶楔形高跟鞋。季節正在變化，潮濕而夜長的冬天漸漸離開，取而代之的是溫暖的春天，杜鵑花提早盛開。

我仔細塗抹新買的化妝品，靠近鏡子畫眼線，然後用那小小的魔杖，在眼皮上刷過銀色眼影，用鑷子將眉毛拔成細細的弧線。一開始，為了這一切每天早上起床梳妝打扮實在讓我覺得好笑。不，應該說是困難。雖然有些女性覺得化妝很有趣，但我並非如此。這是紀律，強迫自己快速瀏覽我購買的新產品，從中選擇一個，以開啟我內在陰沉而黑暗的一天。

但經過幾天的打扮之後，我開始注意到廚房落地窗裡自己的鏡影，我的線條更加纖細而流動，我的裙子長至腳踝，在我走進書房時發出窸窣聲。我拉出椅子開始工作。精心打扮只為了寫作感覺怪異。我沒有和人約了午餐討論公事，也沒有下午的會議或演講要出席。只有我和我的電腦，然而，隨著時間流逝，我洗過澡並換上外出服，在臉頰上刷了腮紅，我的工作開始有所改變。在打扮之前，我一直是緩慢而沉重地塗寫著，但現在我更有靈感，故事中的人物躍然紙上，用自己的個人特質充實我的故事。這些虛構人物的靈感來源是我過去遇過的人，而他們也從空白的頁面中出來與我相遇。真

要我猜測其中原因，我只能想到，我終於著裝完畢，迎接這個場合。

我找回長久以來喪失的性慾，比我 20 多歲時溫和，但隨著我的丈夫笨拙地解開我新衣服上的許多鈕扣、拉鍊和暗扣，這些對於裸露肌膚的阻礙增加了我們的感官刺激，並直指另一個裝扮自己的原因。

打從我青少年時期就對外表不太注重。裝扮自己並不能完全趕走憂鬱症，但當憂鬱症在每一天砰然重返時，它便不得不和一位以高跟鞋武裝自己的女人扭打一番。這個女人可以自信地跪下，雙手捧著孩子的臉。她知道如何照顧別人，因為她照顧了自己。我用每天早上擦洗自己睡了一夜起皺褶的臉的那塊布，擦洗我女兒流血的膝蓋，親吻她的傷口，然後在毛巾上留下我的口紅印，不僅證明我在這裡，還能付出關心。

現在還不知道我對美麗力量的新信仰是否會成為一種生活方式。但我可以肯定地說，追求美麗無論如何都不會削減我作為女人、藝術家、母親、妻子的意義。我並未變得只在乎精心打扮或光鮮亮麗，卻沒有任何實質的能力。我看著人的眼睛。我夢想自己超過 300 公分。

有一天，一位朋友提議去離我家不遠的凱撒山健行。以前我不會接受這樣的邀請，因為擔心憂鬱症會讓我舉步維艱，但我在還沒能好好思考自己有無可能完成時，就答應了朋友的邀請。好。所以我們去了，而且我們做到了。我們深呼吸、喘著氣、汗流浹背地爬上山

頂。山頂起了風，上面有一個生鏽的舊垃圾桶和桌面剝落的野餐桌，地面因為鋪滿松針而金光閃閃。我們爬上峭壁，俯瞰一片如此純淨的藍色湖泊，彷彿擁有某種生活智慧，湖面的水光照耀著我們。

「要不要游泳？」我的朋友說。

天氣很溫暖，溫度超過攝氏 26 度。我那纖瘦的朋友脫掉衣服，突然之間，雖然我很胖，但有些膽量的我也跟隨著她。一言以蔽之，我有了膽量。裝扮給了我不裝扮的自信，把衣服脫掉。我的朋友先跳下水，我也跟著跳下水，感覺到身體從懸崖上彎成弧形，在夏天的空氣中像一根矛一樣快速地穿入水面。一切都變成綠色，然後我快速上升，在衝出水面時喘口氣並喊著：「哦，我的天！」我們笑了又笑。

然後我們靜靜地踩水，游泳。我可以從所在之地看到山頂，以及一片以所有能想像的顏色綻放的野花、丁香和魯冰花，在翠綠草地中盛開著白色雛菊。我突然想到，美麗不是外在的自然；它就是自然，這世界原本就是如此。

隨著太陽西沉，我們爬上岸邊，回到岩石上，找回被陽光曬得暖和的衣服。我們穿上衣服，走回步道。即使我們全身濕透，也並未顫抖，我們的襯衫和短褲仍然沐浴在陽光下，我放在口袋裡的巧克力棒現在完全融化了，所以當我把手伸進口袋，尋找游泳前取下的項

錬時，我感覺到一陣黏稠的暖流，並笑了起來，我舉起被巧克力弄髒的手指，舔了起來，品嚐巧克力的味道，真感謝我可以品嚐這種美味。

———羅倫‧史蕾特（Lauren Slater）

心理學家，著有多本著本，包括《打開史金納的箱子：20世紀偉大的心理學實驗》（*Opening Skinner's Box: Great Psychological Experiments of the Twentieth Century*）、《謊言：回憶的隱喻》（*Lying: A metaphorical Memoir*）、《百憂解日記》（*Prozac Diary*）、《歡迎來到我的國度》（*Welcome to My Country*）。她的文章散見於《紐約時報週刊》、《哈潑》（*Harper's*）及《Elle》等雜誌。

從震驚到敬畏
From Shock to Awe

在康復的最後階段，我們會有機會去實現最難以捉摸和神聖的情感狀態：
敬畏。

In the final stage of recovery, we have a shot at achieving the most elusive and divine of emotional states: awe.

◆

在我即將年滿 37 歲、大女兒將滿三歲時，我被診斷出第三期乳腺
癌。經過一年的化療、手術和放射治療，我準備好重拾原本的生
活。我並不清楚康復也有階段。主要區別在哪裡？和治療的期數不
同，康復期的數字愈大愈好。

第一期：越來越多檢查

我有個跑馬拉松的朋友在參加波士頓馬拉松時遭遇炸彈事件，之後
幾個月，每當他點燃那台品質不佳的瓦斯烤爐時，只要發出微小的
氣爆聲，就會讓他驚跳起來。癌症就是如此。有一段時間，尋常的
事物也讓人感覺危險。疤痕組織／頭痛／突發的下背痛都被當成復

發的證據，對吧？應該打電話給腫瘤科護士嗎？是否該安排一次乳房攝影檢查？（對於復發的焦慮需要和醫師約診來平撫。）但接下來，你會開始揣測這不是警覺，而是出現妄想。經過太多次源自恐慌的快速撥號之後，你開始擔心自己不過是妄想，這就是為什麼在這個階段中也包括，你會假裝自己的生活不再只有掃描、檢查和抽血。這世界的其他人，特別是愛著你的其他人，會希望你不要因突發狀況受到驚嚇。他們希望你結束這種狀態，回到原本的生活，甚至加以慶祝，無論你是否已準備好。

第二期：滑梯

你的心臟狀況好嗎？骨質密度如何？你的記憶力？在積極治療期間，我會把以上每一項拿來換張乾淨的乳房攝影照片。（就我所知，我已經這麼做了。）然而，我慢慢地從梯子底部爬起，在那裡唯一重要的就是活下去，然後爬到一個更苛刻的地方，到了那裡，我會希望能夠活久一點。換句話說，我開始對生命要求更多，而非只是活著。我想要舒適、有吸引力。而想到這一點，我希望我的好運回來。我在拿到治療後第一張停車罰單的那一天，發覺自己進入了新的階段。「真是他X的不可置信！」我尖叫著，我的女兒走在我後方，為了回家時誰必須遛狗而爭辯。「饒了我吧！」就在一個月前，對我而言，只要有這兩個女孩就已足夠。我只要能看到她們畢業、結婚、成為媽媽，就已別無所求。然而我現在想要更多。我能夠看著她們平安長大嗎？她們可以不爭吵嗎？我們可以不要因

為才晚將近三分鐘繳臨時停車費就收到 65 美元的罰單嗎？我也可以有那些東西嗎？我意識到，這讓我沒有比女兒們強到哪裡。她們懇求我養狗，一開始的 24 小時，她們狂熱地愛著那隻狗，但很快地，那隻狗變得不那麼吸引人。我活下來的理由曾經是為了能暢飲香檳王，現在卻連想要女兒讓老媽喘口氣都不可得。

第三期：連結

拿網球拍揮擊網球沒有什麼問題。但你也可以把網球放進烘衣機裡，讓棉被變得蓬鬆。同樣地，也可以用牙膏來緩解蚊蟲叮咬的搔癢，或是用可口可樂來擦除鏽斑。癌症的狀況也很類似：一開始我以顯而易見的方式將我的經驗加以應用，也就是和同樣罹患乳腺癌的患者有所互動。很快地，我開始擴及到各種癌症倖存者的故事，然後是其他疾病（克隆氏症、憂鬱症、帶狀皰疹）的患者，甚至那些並非身體罹患疾病的人。事實證明，乳腺癌這個病和棉花棒一樣，具有多樣化的用途，因為人類面對危機的模式如此一致。先是震驚，接著解決，然後尋找答案，接下來致力工作，非常努力的工作，直到最終在身體和情感上加以適應。

在這種模式下，自然會有迂迴和拖延，例如渴望離開被迫進入的社群。我第一次進入加州大學舊金山綜合護理中心，並加入了一群纖瘦、動作緩慢、輕聲細語、膚色蒼白的團體，差一點就吐了。我不想成為被可憐又沮喪的人，但只要和這些朋友聊起天，我的抵抗力

就立刻湧起，他們是我那不願意成為家庭主婦、讓飛黃騰達的丈夫有機會外遇的朋友瓊，或是不想被解雇的金融服務業朋友比爾，或是不願意讓孩子服用利他能這種過動症用藥的鄰居塔拉。我完全理解。（人們信任已經被考驗過的人有其原因，因為我們有所見識。）癌症會刺激別人的同理心，而同理心使我們以前所未有的方式變得對彼此有用。

第四期：廣角驚奇

在手術室或接受輸液的椅子上渴望人生是一回事，在我們沒有什麼特別、可以更好、苟且的生活中，去感受我們的痛有多深才會在這種狀態又是另一回事。在康復的最後階段，我們會有機會去實現最難以捉摸和神聖的情感狀態：敬畏。我們就是這樣既私密又謙虛地接近眾所周知的存在事實，知道自己很渺小，人生可笑地難以控制，人生會結束，並且了解除此之外的驚人真相：雖然人生渺小而短暫，但我們正活著。就在此時此刻。

——凱莉‧柯里根（Kelly Corrigan）

《紐約時報》暢銷書排行榜作者，著有《升空》（Lift）、《亮片與膠水》（Glitter and Glue）、《中間地帶》（The Middle Place）。目前與丈夫及兩名女兒居住於舊金山。

拆除重建
The Teardown

我並未想著「我做不到這個動作」，而是想到另一種選項：「我正在做這個動作。」

Instead of thinking, "I can't do this," an alternative occurs to me: "I am doing this."

◆

老師要我做一份日式火腿三明治：我的站姿是要讓我的臉和我的小腿垂直，我的胸和大腿垂直，並呈現完美的一致狀態。也就是說，我自己就是三明治。

我會說我看起來更像蛋糕卷。我不結實的腹部無法讓額頭靠近膝蓋，而當我試圖扭轉自己到一種我的身體既不了解也不認可的姿勢時，雙腿忍不住顫抖。

我周圍的同學膚色健康，衣著露出大部分肌膚，每個身體都閃閃發光。畢竟，我們在熱瑜伽教室，其中溫度高達攝氏 40 度，濕度設置為 40%，以增進身體靈活度。男性只穿短褲，女姓則穿著熱褲和露背背心。因為我寧願舔汗水浸泡的地毯，也不願裸露我難以見

人的身體，所以穿上效果等同熱瑜伽的雪衣：長及小腿的運動褲、運動胸罩和 T 恤。我看起來比連環殺手更憤怒。而我們還只在做第一個姿勢。

這是第一堂課的第一個姿勢。假設我得以倖存，我將在接下來兩個月的每一天，接受惡名昭彰的 60 天熱瑜伽挑戰，做出火腿三明治和大約 20 個其他姿勢。正如熱瑜伽創始人畢克藍‧喬杜里（Bikram Choudhury）對這個養生之道的稱呼，我將投身於「畢克藍的折磨室」，因為這個課程承諾將會讓人從內到外煥然一新。

我的生活中有許多事需要改變，很難知道該從哪裡開始。我需要身體、精神、心靈、肌肉、分子上的轉化。我需要不再把自己的身體當成垃圾掩埋場。我需要穩定。我需要一個重置按鈕。我離婚了，有債務，超重 30 公斤。我不睡覺。我沒有親密關係。威克倦和立普能這兩種抗憂鬱藥物，放在小琥珀色的瓶子裡，像沙鈴一樣在我的生活發出沙沙聲。我的事業？就像迪士尼樂園「蟾蜍先生的瘋狂大冒險」設施一樣，前一分鐘，我贏得了雜誌業的寫作最高榮譽，下一分鐘我接了編輯工作。接著失去這份工作。然後和母親一起住在密西西比的老家。

前印度瑜伽冠軍喬杜里說：「做這種瑜伽 60 天，它會改變你的身體、你的心智和你的生活。」事實上，有些人相信他這些以熱為中心的一系列瑜伽姿勢是一種轉化的催化劑，緩解了憂鬱症、糖尿

病、腕隧道症候群、肌纖維痛症、偏頭痛、關節炎、背部疼痛和心臟病的症狀，同時放鬆心智並使體重減輕。

一個朋友問：「難道你不能就連做其他項目的 60 天運動，例如跑步嗎？」這是個好問題，但答案並不讓我感興趣。我過去的健身活動，無論是球拍運動、騎自行車、慢跑、飛輪訓練、拳擊，造成的催化效果都不夠，無法達到我想追求的改變深度。

有可能找出生活開始失衡的時刻嗎？套用海明威的話，對我而言，這樣的情況是「逐漸，然後突然」發生的。

我父親去世時，失衡開始變得嚴重。幾年後，我的婚姻以失敗告終。離婚之後，我去讀（昂貴的）研究所，還是位於（超級昂貴的）紐約，以致累積了債務，並且自行治療憂鬱症。

然後我的身材開始走樣。子宮肌瘤、減少的卵子和雌激素讓我荷爾蒙失調。我不懈工作以擺脫債務；因此，我變得「太忙」，以至於無暇關心健康。我從小是名運動員，運動量卻比極少曝光的作家湯瑪斯・品瓊（Thomas Pynchon）出現在公眾場合的次數還少。我開始出現一種模式：焦慮，工作，自我隔離，服藥，含著憤怒的啜泣。

你知道什麼能夠緩解這種情況嗎？派餅。大麥克也可以。一到夜晚，我對食物就完全不設限。我亂吃又不運動，因此睡眠狀況很

差。因為我的睡眠狀況很差，早上起床之後，根本沒有時間吃早餐。我會把咖啡當作午餐，接著期待那天晚上吃下所有垃圾食物。

有一段時間，我的事業進展順利。2008 年秋天，我承接了一本西部小雜誌的編輯工作。因為種種原因，這份工作並不成功。我會說中心不能承受，但我不知道到底有沒有中心。無論我的下滑是從哪裡開始，最後結束的地方都是：壓力＋糖＋碳水化合物過量－運動＋失眠－充分喝水＋自我厭惡－浪漫的親密關係＋後悔＝崩潰。一個特別憂慮的星期五上午，我沒能忍住和雜誌的發行人多嘴。到了星期一上午，我就身處就業服務站。

我頭痛了三個月。全身都痛。嚴重掉髮。我幾乎每晚都像圍著圍巾一樣，用一個加熱布袋圍著脖子上床睡覺。我睡著時會磨牙。（這是個老毛病：我幾年前結婚的時候，我丈夫有天晚上把我搖醒說：「妳在吃糖嗎？」）

在找新工作的同時，我有時間再次開始運動，正確飲食，並記得喝水。但我沒有這麼做。對我來說，更簡單的方法是躲在昏暗的房間裡，吃著黑巧克力，整天看電視，穿著長袍來掩飾身材。

然後在一天下午，當我衣著完整地躺在我童年時期的床上，完全糟蹋了一個美麗的密西西比夏天，我突然想到一件事：躺在床上的我並不是身體非常虛弱，也不是受到丈夫虐待，更不是貧窮潦倒，也

沒有痛失稚子。讓我這麼做的是我自己。

我意識到，現在的我要不是起來——我是指振作起來——要不然就是死了。不知為何，但我想到了熱瑜伽。我曾嘗試過幾次。我記得自己欣賞教室裡安靜的氣氛。在我的回憶中，那間瑜伽教室是一個我終於能夠呼吸的地方。

現在，當我開始 60 天的挑戰，我需要知道身體毀壞的程度。我決定接受身體檢查。在我開始鍛鍊之前，我做了最後一次胃的懷舊之旅，把漢堡王、溫蒂漢堡和墨西哥連鎖店塔可鐘全都去了一趟。如果在方圓 25 英里內有冰淇淋連鎖店冰雪皇后的話，我一定也會造訪。我連在打電話預約檢查時，都吃著披薩連鎖店棒約翰的麵包棒。我甚至不喜歡麵包棒。

對我來說，有益的營養並不是天生的。我的家鄉密西西比是全美最肥胖的一州，在那裡，蔬菜除非在培根油中煮熟，否則不被認為可以食用。我的健康檢查結果就充分顯示了這樣的特色。在檢查我是否有心臟病（沒事）和癌症（也沒事）之前，護士幫我量體重的結果是 94 公斤，比我希望的體重重了 38 公斤（我的身高為 165 公分）。「妳的身體檢查結果」，醫師的詳細報告會說，「顯示出妳肥胖的證據」。

肥胖？

美國國家標準說，如果身體質量指數（BMI）在 30 以上，臨床上就稱為肥胖，會增加罹患肝病和心臟病、糖尿病、睡眠問題、關節炎和癌症的風險。我是 34.6。以我這個年齡的女性來說，身體總體脂肪應該在 23 到 33.9% 之間，而我是 42.1%。我基本上是個膠狀物。

我罹患糖尿病的風險也很高，我的低密度脂蛋白（壞膽固醇）數值高到大多數醫師會開出處方箋。我被告知需要立即改善飲食，在餘生中每天至少運動 30 分鐘。醫師說，呼吸和伸展特別有幫助。而正巧這兩者都是熱瑜伽的核心。

熱瑜伽的孟菲斯分校，是最靠近密西西比州圖珀洛母親家的瑜伽教室。教室的位置殘酷地靠近穆德麵包店，有人認為那裡的杯子蛋糕是城裡最好吃的。在 60 天訓練的頭七天，我有兩個目標：遠離麵包店，上課中不要嘔吐。

在第一天，教練站在前面，在鋪著地毯的講台上。她說，初學者的目標只要留在房間裡，學會呼吸。她說：「雙腳併攏，腳跟和腳跟、腳趾和腳趾相碰，讓我們開始吧。」在熱瑜伽的教室裡，只有老師說話，傳達喬杜里幾乎像咒語般的指令。上課的地點是一間鋪著薄地毯的長方形大工作室，一面長牆上裝設了落地鏡。燈光**非常明亮**。妳應該能夠看到自己，在各種姿勢變換之際，看著自己的眼睛，與鏡中的自己建立關係，並開始善待她。

日復一日，我笨拙地做著 26 個姿勢和兩個呼吸練習，包括模仿兔子、駱駝、人橋、花瓣盛開、老鷹、眼鏡蛇、屍體、三角形和珍珠項鍊的形體。我的身體無法彎曲。我的呼吸聲如此之大，引起了大家的注意。即使做著攤屍式，也就是雙臂放在身體兩側平躺，仍舊感覺很辛苦，因為我的腳跟無法相碰，而我體內的廢物讓我的背呈現出收縮的弧形。顯然，這將會讓我更難做到出汗和伸展的動作，更別說穿上緊身牛仔褲。

但我做不好的原因不僅是這些超出的體重。我的大腦從未關閉：我的胸罩太緊了。我的馬尾太高了。地毯很臭。我二頭肌上的是脂肪團嗎？我口渴。也許今天會下雨。為什麼這裡每個人都有刺青？我需要刺青嗎？我可能會心臟病發作。我好累——我受夠了這個姿勢。我今天晚上要烤雞肉來吃。

有一天，當我們做著一系列站姿——這是上課的頭 50 分鐘，此時心率會上升——我突然確定自己會把午餐吐到面前的女人身上。我試圖逃離教室。

「坐下來！坐下來！」老師說。
「妳寧願我吐在地毯上？」我說。
「妳不會吐，」他說：「躺下。呼吸就好。」

這種恐慌的感覺就是他們所說的「瑜伽卡車」。當瑜伽卡車撞上

時，你只想離開教室，或是以攤屍式躺著，數算天花板的磁磚。在15天之後，我感到痠痛又沮喪，厭惡全身濕透，我受夠了一切應該記住的事，有時候同時間要關注一切：膝蓋不動，收小腹，下巴壓低，挺胸，專注在鏡中的自己，安靜呼吸，伸展的目的是拉開，如果姿勢不對，表示踢得不夠用力，下巴抬高，眼睛睜開，什麼都別想，只專注於當下，對自己有愛，踢得更用力，踢，踢，踢，踢，踢，踢，踢！

仰躺的我默默地對自己咆哮。我恨你。我討厭這堂課。我討厭這個愚蠢的肚子和這對大胸。我討厭 Ben & Jerry 冰淇淋、肯德基和樂事洋芋片。我的車聞起來像間瑜伽教室，這是什麼原因？在將近三個星期後，我的衣服完全沒有變鬆。我也可以為了所有這一切的徒勞無功而大啖杯子蛋糕。我在教室的情緒已經開始像 Z 形山路蜿蜒而行：先是充滿信心，再來是恐慌，接著是興奮，現在是絕望。

有一天一位老師問：「妳花了多長時間讓自己陷入這樣的困境？」
「好幾年，」我說。
「這樣的話，」他說：「需要一些時間才能解決。」

「手肘痛？手臂痛？背痛？頭髮痛？手痛？對你來說是好事，」喬杜里在課堂中特別挑戰的時刻有時會對學生這麼說：「世界上所有的痛苦都不會讓你遠離幸福和平安。如果有人讓你生氣，你就是失敗者。如果有人可以偷走你的快樂和平靜，你就是失敗者。」

你必須身處教室才能了解這些話的力量。老師的指導和見解變得像祈禱文。當我以攤屍式躺在地上時，因為疲憊不堪顯得半死不活，只是聽著老師談論試圖達成完整目標的力量和決心，就能推動我完成接下來的所有姿勢。我可能無法完美甚至好好地完成這些動作，但到了第四週，我能做出這些動作。我留在教室裡，引發出我甚至不知道自己能夠有的平靜狀態。我並未想著「我做不到這個動作」，而是想到另一種選項：「我正在做這個動作。」

第一個離開的惡魔是僵硬。第二個是頭痛。當我來到達中段的 30 天時，我感到更放鬆。我站得更直。我碰得到自己的腳趾。人們告訴我，我的皮膚看起來很棒，眼神變明亮。有一天在停車場，一個駕駛賓士車的女人超了我的車，我並未發怒，而是不予理會。既然這位女士想當混蛋，就讓她當混蛋吧。這與我無關。

我現在會喝水，雖然喝得還不夠，但比以前多。我改變了飲食習慣，多吃瘦肉和蔬菜，並且只有一次在一個特別難過的夜晚，走回頭路，吃了兩片奇寶軟餅乾（120 大卡）。改變攝取的食物感覺起來並不委屈。事實上，我之前每天攝取大約 3000 大卡的速食飲食，卻比現在只攝取一半卡路里感覺還要餓。

在第 30 天我做了一些測量。我的體重降到了 90 公斤，離我的目標 57 公斤還有一大段路，但我能接受。Wii Fit 告訴我，我的 BMI 已經從 34.6 下降到 32.7。我的臀圍減少了 2.5 吋，胸圍也減少 2.5

吋，最重要的腰圍則減少一吋。另外，我得到一份很棒的工作。在另一個城市的另一家雜誌。在我完成熱瑜伽的挑戰之後（假設我能完成熱瑜伽的挑戰），我會開始新工作。

有一次，喬杜里親自來到孟菲斯宣傳他的新書。我在人潮洶湧的簽書會舉辦之前和他談話。那場談話內容包含了第五度空間、木星，以及關於木鳥的寓言故事。

「在妳生命中最重要的是什麼？」他問我。
「如果我沒辦法回答這個問題，會很糟嗎？」我說。
「我在全球各地都會問這個問題，」他說：「他們回答上帝、水、風、家庭、孩子、愛──全都是廢話。你生命中最重要的事情就是你自己。」

到了第 60 天，我希望能了解他的意思。

五個星期以來，我正在努力學習承諾，這對於一個習慣於放棄的人來說很難。我離開了城市、工作、親愛的朋友和好男人。我一直很匆忙地逃離一些情況，緊接著投入之後的生活，以至於把衣服留在衣櫃裡，食物留在冰箱裡。在熱瑜伽課上，我已經嘗試離開一次，但沒能成功。因為知道不能離開，我用假裝默默地抗議我的囚禁。

瑜伽師稱此為遊戲階段。我會做任何事情來讓自己休息。有一天，

如果我想要，我做得到三角形姿勢，但我不想，所以我大聲呼吸，假裝瀕臨崩潰。（結果：我真的就覺得自己快要崩潰。）老師知道我的伎倆，因為他們自己也都曾經歷過。如果我說我感覺不舒服，他們會搖頭說：「像個冠軍一樣做瑜伽。」如果我承認（或宣稱）我已經精疲力盡，他們會說：「別想休息。」我曾聽說過一個有關加州教練的都市神話：當那位教練正在教課時，有隻老鼠出現在教室後方。「有老鼠！有老鼠！」學生大叫，老師說：「那不是老鼠。是你恐懼的顯化。」

一天下午，我正在做攤屍式，或是駱駝式（這個彎曲背部的姿勢被一些人認為是整個練習中最難的姿勢），我突然想到，如果我能在如此緊張的身體狀態下保持冷靜和集中，我可以做任何事。

在挑戰之初，這個 60 天的目標令人望而生畏。大約在 20 天左右，覺得不可能。大約在第 50 天，我開始有種頭暈、充實的感覺，就像是一場糟糕的約會（或假期或拜訪）就要結束，你可以感覺到自由。只是我不想要自由。

在第 60 天，當最後一堂課結束時，可說是有種守得雲開見月明，苦盡甘來的感覺。當老師說完最後一句話，我們全班一起做最後一次的呼吸練習。我以為會有一陣激動的情緒，卻只感到平靜和滿足，就像我現在有了避難所、有了資源──一張藍圖。

我非常渴望看到診斷結果，甚至沒發覺有針頭從我的手臂抽血。我最後一次熱瑜伽課才結束一小時，我就已經回到醫師診間進行最終體檢。

以下是我已經知道的：60 天挑戰讓我離開床上，脫離原有的思維，並向我展示了自我鞭打和後悔的徒勞。我已經停止服用威克倦和立普能，而我的憂鬱症雖然並未痊癒，但是感覺可以控制。我肯定不再磨牙，因為我起床時不再頭痛。現在我準備好看看熱瑜伽為我的身體帶來什麼效果。

體重：我瘦了 6 公斤。
腰圍：減少 5 吋。
低密度脂蛋白：108。
BMI：32.3（下降 7%）。

醫師說：「每個數值都改變了。而且是往正確的方向改變。」

我在居住的新城市找到一間很棒的瑜伽教室。我當然不認識其他學生，但我現在對每個姿勢都很熟悉。我現在不會，也永遠不會，愛上每一堂課。有些日子，我寧願穿著細肩帶比基尼漫步在時代廣場，而不是在蒸汽箱裡待上 90 分鐘。然而熱瑜伽的精華解救了那些日子。熱瑜伽最好的部分讓人感覺陷入愛河。就像第一次呼吸到春天的空氣，第一次看見山茱萸莖上的綠色小尖芽。

在孟菲斯那 60 天的一個星期六，我走出課堂，進入一個黃金的早晨。我看到的每件事都很迫切、值得而美麗。我經過兩位拉著四匹小馬的老人。我看到一片黃色的野花田。在交通號誌下，我停在一輛保險桿貼著「愛能戰勝一切」貼紙的車後方。在雜貨店裡，當我正要把空推車推回欄位時，一位老先生說：「寶貝，讓我幫妳推到那邊。這將會讓我今天有個美好的轉折。」當我上車的時候，電台正播著洛伊‧寇兒（Lloyd Cole）的歌——我沒在開玩笑——那首電影《岸上風雲》（*On the Waterfront*）中和女配角伊娃‧瑪莉‧桑特（Eva Marie Saint）有關的歌曲：「你需要的就是愛，這就是你需要的。」整個艱苦的 60 天經驗換來一個欣快的早晨。因為我忘了我甚至可以有這種感覺。

——佩吉‧威廉斯（Paige Williams）

《紐約客》雜誌記者，密蘇里新聞學院助理教授，並曾獲選為哈佛大學尼曼新聞學人。她即將出版一本敘事真實故事《恐龍藝術家》（*The Dinosaur Artist*）。

像我自己
Like Myself

我站起來，並且，趁自己還能呼吸時大聲說：「妳病得不輕。」這句話讓我如釋重負！在這一切長久以來錯得離譜之際，我終於說了對的話。

I rose, and, when I could breathe, said aloud, "You are very sick." The relief of those words! The rightness, after all had been so wrong.

◆

我八歲時，母親有一天帶我去和她一起工作。她從桌子那頭傳了一張讓我充滿希望的紙條，上面寫著：妳長大後想要像我一樣嗎？

有些日子，她會待在床上，把風扇對準她的臉，機器的噪音咆哮著。有些日子，她變身為廚房的囚犯，在裡面烘焙好幾個小時。有些日子，她讓我和她一起躺在她和父親的水床上，握著我的手，一遍又一遍地說：「妳是我最好的朋友。」她的需要厚重而潮濕，為我生命的大氣增加了重量。

一句話可能會造成傷害或愉悅，讓人憤怒或失望。我九歲時，有一次因為她吃了最後一塊鬆餅而嗚咽起來，她皺了皺眉，認為我說她

I Want to Be Myslef

胖。我六歲時，有一次在我們家老舊的小卡車後面唱歌，她從副駕駛座轉過身來，低聲說道：「夠了！」她凶狠地瞪著我，讓我不敢與她的眼神接觸。當我回頭看時，她那無情的藍色眼睛仍然凝視著我，充滿厭惡。

我開始練習隱形。有一次，我一整個下午都因為腳踝受傷而跛著腳走路，直到有人注意到。我決定不再說話。我發誓要做得更好，變得更好。如果我的成績有 A，而她無動於衷；那我算做到最好嗎？如果我盡了最大的努力得到了 B，而她無動於衷；那我必須克服每個挑戰。那幾年我對母親的記憶都是她想要我做到的事，也就是愛和卓越；而我能夠給她的，卻幾乎沒有這兩項。

12 歲那一年，我的情緒崩潰了。每天晚上，我躺在臥室裡，俯瞰著安靜的街道，啜泣好幾小時，看著路燈將樹枝投影到牆上。痛苦以聲音的形式表達。妳是有毒的。妳不值得任何好事。說愛妳的人其實在說謊。我把這些幻聽放在心上，卻沒有告訴父母。

沒有多久，這個聲音就晝夜不停地困擾著我。妳不應該存在。做正確的事。擺脫這個造成妳負擔的世界。當我 17 歲時，我開始蹺課。我的成績糟透了。我會去看龐克搖滾樂表演，而深受打擊。我上學前後都會去咖啡店打工，這樣就不必待在家裡。我只告訴男朋友我母親崩潰的情況。她會上網好幾小時，和幽靈聊天。如果我們靠近電腦螢幕，她就對我的妹妹、弟弟和父親咆哮。她在車裡戴著

耳機，以便隔絕我們煩人的聲音。她不再睡覺。她每天去健身房好幾小時。幾個月來，她不知道我申請哪裡的大學。我從未想過要告訴她。

我到了千里之外參加為年輕作家而辦的夏令營，她才寫電子郵件給我：「妳是個好孩子，我會想念妳。」我如釋重負了一會兒，感覺她對我的恨意減輕。然後我明白了。我奔向電話亭。我仍然不知道她做了什麼或沒做什麼。沒有人告訴我，我也沒有問。我只知道當我一個月後回家，我們成為她的監護人。我們看著她淋浴，在門診間外等待，而候診區有人提到自己開車衝下懸崖，有的是在廚房裡開瓦斯自殺。我們學到一些詞彙：精神病發作、躁鬱症、鋰鹽。

我上了大學，出現胃痛症狀，整整困擾我九個月。我忍了八個月又三週才去看醫師，大約是我輟學的時候。上課需要安靜坐著，但我做不到。我的車胎磨損得很嚴重，把房租花在買衣服，胖了14公斤，像是有人付錢給我喝酒一樣地酗酒。我有朋友，但他們都不知道這些狀況。我勉強回到學校，拿到平均為 C 的成績。我和男朋友結婚。

當我 29 歲的秋天，我發現一本成年子女寫的書，他們的母親和我母親一樣。我閱讀時忍不住顫抖：「你的沮喪、你的憤怒、你的悲傷和你的恐懼。」「你⋯⋯發現自己很難接受別人的照顧。」「你很早就學到，你的需求不會得到滿足。」「你擔心當你表現出負責任

和關愛，如果你真的讓一個人接近，他們會發現你壞的那一面。」我閱讀的時候不停顫抖，仍舊不知道自己是什麼樣的人，需要什麼。

我 32 歲那年的二月，大雪下了好幾天。我做完工作，洗好碗，每天都感到興致高昂。我不怎麼睡覺。我去心理治療，討論我失敗的婚姻。我沒有告訴醫師那些聲音對我的指控：妳完全是個失敗者，妳的存在是一種犯罪，妳的生活是一連串醜陋的違法行為。我沒有告訴她，我經常用力將手指掐向手掌，嚴重到留下新月形狀的血痕。

治療的那些老套說法有其原因，也就是說，大多數的情況都要追溯到童年。我聰明的醫師也提出同樣的看法：

「我覺得自己變成我丈夫的媽媽，」我說。
「就像妳為她做的那樣！」
「我沒辦法指望人，」我說。
「就像妳不能指望她一樣！」
「對，好吧，」我把紙巾撕碎說，思考著那些話。

我用圖像和感覺來思考那些話：打結的腰帶、門把。生活縮小成針孔，然後消失。當朋友問「妳好嗎？」，而我回答「很不錯。那你呢？」時，我想到那些話。當我寫作、付帳單、看電影、做那些生活瑣事時，我想到那些話。然後有一天晚上，我大聲算了出來：12歲時哭哭啼啼，17歲時冷酷無情，24歲時失去親人，29歲時感到

絕望。現在變成這樣。那聲音低低地說：這種情況還會繼續下去。我還有什麼選擇？所有作家都學到的常規：正確的結局是感覺不可避免的結局。

掛在門把的腰帶扣在下巴下面；往前一扔；充血的眼睛，怪異的脈搏；快要裂開的胸部。感覺時間過得很慢。聲音不像人發出來的。我時強時弱地想著：多麼令人惋惜，多麼浪費。然後，自然出現的畫面是：我妹妹的光滑臉頰。我弟弟的結實雙手。我的醫師坐在我的空椅子對面。親愛的朋友，愛我、教導我的代理母親告訴她的孩子我做了什麼。還有我的丈夫，和我的丈夫，和我的丈夫。

我站起來，並且，趁自己還能呼吸時大聲說：「妳病得不輕。」這句話讓我如釋重負！在這一切長久以來錯得離譜之際，我終於說了對的話。「病」這個字並非專指我的母親。我對我的醫師承認我做了什麼，差點做了什麼。她說：「我們不用再浪費時間了。」

然後，開始了回到正軌的旅程：專門的藥、兩倍的諮商時間、第二醫囑。聲音變得微弱，彷彿來自另一個房間的聲音。不久之前，我的母親在紅燈停車時轉頭對我說：「我很抱歉這樣對妳。」她接受了治療，我也接受了治療。我們和治療師諮商。我們繼續生活。

我的婚姻結束了，誓言不再有意義；說出誓言的是不同的人。但我承諾了其他事情。我會讓別人照顧我。我會拯救我唯一的生命。在

我學會活下去之前，我不會死。

那天，媽媽在她的辦公室問我，是否想要像她一樣。我寫下答案，然後把紙條傳給她。「不，」我寫道：「我想要像我自己。」

——凱蒂・阿諾－拉列夫（Katie Arnold-Ratliff）

《歐普拉雜誌》的文稿編輯，著有小說《我們前方的光明》（*Bright Before Us*）。

PART

— 4 —

心 之 物 語
MATTERS OF THE HEART

當我們墜入愛河時，會以一種不同的方式認識自己，
而無論這種關係如何發展，我們都已改變。
We come to know ourselves in a different way when we fall in love,
and whatever happens to that relationship, we are changed.

——伊莎爾・培爾森（Ethel Person），精神科醫師

和男人們喝杯咖啡

Cups of Men

我對於人們是否在尋找愛沒有特別的看法；心是接受器，總是在作用。無論我們用盡最大努力去保護或隱藏。愛會找上我們，不管我們把自己導向何處。

I don't think we look or don't look for love; the heart is a receptor, always working. In spite of our best efforts to protect or hide it. Love looks for us, regardless of how we orient ourselves.

◆

和一百個男人喝咖啡。

我從一位律師朋友那裡獲得這個概念。她和緬因州一位英俊的家具製造商結婚，對方的藏書比她還多。「有時候，」她說：「我一天會見三個男人。一次會面只需要 15 分鐘。」她花了兩個月完成這件事。她很快就記不得自己到底見了幾個男人。

六個月後，我見了第四位男人。

我們在咖啡店停車場見面。他開著一輛巨大的紅色敞篷車，那輛車與其說是車，不如說是船。他下了車，把一本厚重的書塞進我的手中。他看起來比照片中大上十歲，皮膚又粗糙，像是有人拿著砂紙用力擦過他放在網路上的年輕版照片。我盯著他交給我的書，翻過來。這是一本關於想法和抱怨的書。他在停車場散步繞圈，而且是大圈。為什麼他要在停車場繞圈？為什麼我手上拿著一本厚重的書？「終於，」他漫步到我身邊說：「終於有人在這個死氣沉沉的地方找到我。」我把書放在人行道上跪了下來，假裝要綁鞋帶。

我告訴下一個男人關於咖啡會面的事。他想知道他是第幾位。「我想要有件 T 恤，」他說：「上面印著我的數字與杯子。這就是我想要的。」他拍拍胸膛，說他想要的數字是 99。他的背包裡也有書，是平裝書。他帶了兩個背包，其中一個是他的行動辦公室。

這些男人給我的感覺都非常糟糕。一個參與戲劇演出的男人，話題離不開那齣劇，完全占據他的生活。兩者都即將到來。一位男人穿著白色及膝襪和黑色運動鞋，選擇的咖啡店在精神病院對面，讓人嚴重分心。在他談話的期間，我一直試圖不去猜想他其實來自對街。

那個廚師暨海明威愛好者暨航海船長（53 歲，有兩個孩子，藍眼睛）說他應該離婚，但經濟狀況真的很糟，他不能這樣對待妻子。他妻子有男朋友。他很高興能約會。

這就像去動物收容所，而我是另一家動物收容所的好狗。

有一次我感到害怕。他站起來大聲吼叫，在那個鬧烘烘的地方高舉手中的咖啡說：「我不是輸家！我不是失敗者！我不認為我是失敗者！」

我覺得自己好像是在取證。我覺得應該得到報酬，因為和這些男人喝咖啡並不容易，像在工作。我必須特別打扮，還要離開家。

他們的表現像在面試工作或銷售商品，總是往前傾，竭力推銷。或許是因為咖啡因，但這些男人不會閉上嘴。他們不像女生會因為緊張而說個不停，而是像喋喋不休的推銷員，匆忙、用力又笨拙。他們有準備問題，但並不想得到資訊。他們在照表操課，問問題。我很健談，但完全說不上話。他們說了 30 分鐘，我懷疑我的朋友如何能讓會面在 15 分鐘結束。她住在紐約。中西部的步調相對比較慢。我聽得太多，需要撤退策略。我需要更少的希望。在中西部，希望庇蔭著我們，包圍著我們。

我的心裡有一部分想要他們繼續說話。這種感覺像是在閱讀一本平庸的小說，雖然清楚自己永遠讀不完，卻不能完全放下。我知道它不會變好。但它會變得更糟嗎？

當我站起來說再見時，男人說：「哇，妳是個很好的談話對象。」

我已婚的朋友感到震驚。「妳為什麼要這樣做？」「我做不到這種事。」我們對悲劇說同樣的話，好像我們有所選擇。關於殘障、癌症和失去四肢也是如此。尋找愛不是悲劇或缺陷。這是一種情況。

我這樣做是因為我已經離婚三年了，而我完全沒有約會對象。沒有人約我。聖誕節前我打電話給住在附近的一位單親男人，邀他出去喝一杯。他說他現在沒錢。

我的朋友認為我太努力了。「停止嘗試，它就會自然發生！」「當妳放棄時，該來的就會來。」他們認為我獨身很開心，而我不這麼認為。他們也表示，我的標準太低（我喜歡在說的每句話裡都加上詛咒的技工、獵人或自由份子）、又太高（那位興高采烈地談論無麩質的烘焙師，將我的身材和超級名模加以比較。我不想再看到他，因為他有很多孩子，通勤路程很長，又太過熱愛冰上曲棍球）。

我的朋友聲稱她們無法想像約會。她們說，如果她們的丈夫去世，他們會繼續守寡。她們說這些話時，會用手拍拍配偶。她們看起來並未瘋狂墜入愛河，而是瘋狂地處於小而模糊的恐懼中。我幫助她們在漫長而艱苦的一天結束時，記得結婚好的那部分。

在 Match.com 這個交友網站上，有非常多離婚男士在談話中對我提到「我太太」這三個字，讓我覺得很有趣，他們多麼愛談論那個他們已經失格的生活。彷彿我不過是個保姆、男人、精神科醫師或漂

亮的牆。

因為受夠了男性在廣告上提到「尋找年齡在 18 歲以上的女性，以及無論他們年齡多少，都要求對方比他們小一歲」，我改變了我的個人資料。我說我在找一個年齡介於 18 到 41 歲的男人，而我 42 歲。但我那個認識家具製造商的朋友說這不好笑。她說，妳不能聽起來很痛苦。這並不是表明態度的時機。

我的朋友艾倫在 Match.com 遇到了三位令人開心的百萬富翁。三個人都想和她一起鑽研佛教，一起騎自行車。她從義大利挑選了一位愛騎自行車的人，他比她年輕十歲，並瘋狂愛上她。「這不像 20 幾歲的約會，」她告訴我。她說我得等到 50 歲才能真正做好。「妳只是年齡不對，」她說。

我不知道對我來說，20 多歲的約會是否真的像 20 多歲的約會。我假裝是一個像我自己的人。假裝的人好多了，也比真正的自我更糟。我沒有真正的信仰。

我的咖啡計畫開始差不多一年，我已經見了幾十個人。

第 31 號說，他讓生活變得簡單。「所以用不超過 20 個字告訴我妳的生活故事，」他說，而我照做了。接下來的 25 分鐘都是他在說話，他向前傾斜，把手肘放在桌子上，告訴我他的財務狀況、他的

生意計畫、戒菸療程、四個孩子，他的「妻子」。一個推著空輪椅的男人沒辦法越過我們的桌子。因為那個人正在我的對象身後，所以他沒有發現，仍舊繼續和我談論他在亞斯本那棟三百萬美元的房子，而他現在不再擁有那棟房子有多好。我站起來，拉一下桌子。對方現在知道發生了什麼事，於是移動椅子。推動輪椅的男人仍然很難越過去。椅子就像根支柱，像是他從未見過的東西，更不用說用過。終於，他越過了我們。

「可以麻煩你幫我開門嗎？」他對我的咖啡對象說。我的咖啡對象具有騎士風度地衝到門口。「另一個門也可以麻煩你嗎？」我聽到推輪椅的人說。他們消失在門廳，離開了好長一段時間。我喝了水，吃了沙拉，享受著獨處的時間。我在想：我沒辦法繼續下去。我想逃離。我不想要失禮。

「人們很奇怪，」他回來時說。那個推輪椅的人不斷要求他開門。這很奇怪，他說：「他看起來不像要去任何地方。」

有個咖啡對象維持了整個冬天，而我在週末非常快樂，我們玩西洋雙陸棋並計分，幫那些對我們有意義的東西取有趣的名字，滑雪，然後尋找羊肚菌，並且在每天晚上為對方朗讀《掠奪者》（*The Reivers*）這部小說。

被人所愛非常令人分心。這裡說的分心是正面的意義。分心使得這

個星球得以管理。這個星球如此之大、寂寞和憂鬱，奔馳過黑暗的太空。你所能感覺到的一切就是你獨自一人。

我並非覺得自己缺了一角，也不是要尋找另一半才能完整。但和別人在一起讓我覺得既有活力又放鬆。

我喜歡有男朋友。生活中有愛的人就像在美國開車一樣，會讓日子更容易。一個沒有男人的家有點像是博物館。不錯。很美，也非常、非常、非常靜態。只有一個女人來管家，不管是事物或生活，都有一種只可遠觀不褻玩的過度清新感。

就像大多數計畫一樣，這個計畫是假裝。我**不想**和一百個男人喝一百杯咖啡。我不想要錯的人。我不想一個人。我根本不想這樣做。昨天，我見了兩個男人，一個一起共進午餐，一個約下午四點。今天我臥病在床，夏天卻得了感冒，彷彿地獄。

特別適合和夜晚同床共枕的人一起做的事包括：採買雜貨、露天游泳、遛狗、談論朋友、練習外語、思考房子事宜、騎自行車、吃早餐。

有時我覺得自己像牧師，聽著這些人告白著自己的生活和妻子。有時候，我覺得自己是單身城鎮的公務員。有時我覺得像冷血記者，瞠目結舌地聽著他們的故事。

有一天，我一連聽到三個壞消息——我的家庭和日常生活中，有很多事都有可能變得糟糕。我打電話給現在仍是好友的前夫。戴夫和我雖然離婚，但我們是令人敬畏的離婚夫婦；我們對彼此友善並樂於互相幫助，算是和平分手。我們在家附近的酒吧見面，那裡是如果我有需要的話，可以哭泣的地方。八年前，我在 Match.com 遇到這個男人，現在成為我的前夫。他的簡介寫道：「我不知道我能不能跟上妳，但我知道我會樂於嘗試。」他是當時我唯一約出去見面的人。他也是我唯一結婚的人。

然後一個女人進了酒吧，我認出她的聲音，是我的同事喬依。我未曾見過她的男友，現在很高興能見到他。我介紹了我的前夫，戴夫。我碰巧知道她幾年前也在 Match.com 認識了男友。他們高興地坐在我旁邊，點了四個開胃菜，並開始在酒吧玩遊戲，那是個會問尷尬問題的紙牌遊戲。

然後我的朋友艾倫和她在網路上認識的男友一起進來。我們擁抱並繼續。每個人相互介紹。我們排排坐面對著吧檯，喝著飲料，順序分別是男人、女人，女人、男人，男人、女人。我對戴夫低聲說：「這間酒吧每一個人都是網路上認識的。就是 Match.com。」他驚訝地看著我。我喝完手上的馬丁尼。

有一次，我告訴某人，我是 Match.com 第一個離婚案例。他們既驚訝又好奇。我只是開玩笑的。我相信在我之前還有其他離婚案例。

在當時，你張貼了自己的照片，而那張照片會非常緩慢地展開，像吱吱作響的捲簾。他是第一個寫信給我的人。在他的照片完全展開之前，我就回信給他。當他的照片還只看到額頭時，我就寫信給他。他立刻成為絕佳對象。

我對於人們是否在尋找愛沒有特別的看法；心是接受器，總是在作用。無論我們用盡最大努力去保護或隱藏。愛會找上我們，不管我們把自己導向何處。

所有的咖啡約會都把我拉向人群，而不自我封閉。這些咖啡約會像同理心的新兵訓練營，提醒我那些我不斷想到的短篇故事。我已經聽了 41 個真實生活故事：悶悶不樂、虛偽、神經緊張、因為好運或美麗的時刻而發光的生活。和我很像的生活。像這樣未經加工、向我靠近、不鬆開的希望。大多時候我都想逃走。我甚至不喝咖啡。

但我正在小心翼翼地通過一家又一家的咖啡店，我這個堅強、頭腦清晰的女人。而且每喝一口咖啡，我就更加接近，我知道我愈來愈近，即將找到我心中給予愛的地方，並知道如何給予。

就這樣一口又一口甜蜜而神祕的啜飲。

——希瑟・塞勒斯（Heather Sellers）

任教於南佛羅里達大學，著有回憶錄《我好像不認識你：一個關於家庭、臉盲症和寬恕的真實故事》（*You Don't Look Like Anyone I Know: A True Story of Family, Face Blindness, and Forgiveness*）。

愛 的 守 齋

The Love Fast

所以接下來的 40 天，我對愛的需要守齋。這 40 天來，我專注於愛別人。我寫卡片給我的祖父，我打電話給朋友，承接他們的憂慮，我比平時更加親切地對陌生人微笑。

So for forty days, I fasted from the need for love. For forty days, I focused on giving love to others. I wrote cards to my grandfather, I called friends and fielded their worries, I smiled more warmly than usual at strangers.

◆

我又緊張又滿是擔心地走進舊金山的慈恩堂（Grace Cathedral）。今天是「聖灰日」，基督教教會年曆的大齋期首日。我 20 多歲時，選擇在聖公會受洗之前，甚至沒有聽說過大齋期，現在它讓我滿懷著不明確的崇敬，還有迷茫。幾分鐘後，我會跪在聖體拜領台，一位牧師會用拇指在我額頭上畫黑色的十字架，並且低聲說：「記得你本是塵土，仍要歸於塵土。」接下來是 40 天的悔罪，最後迎來復活節，同時有個令人困惑的做法：40 天的守齋。

守齋讓我困惑，因為它在理論上看來既陰鬱又嚴肅，帶著自我剝奪

和自我懲罰，而且在行動上相當瑣碎。據我所知，大多數信眾大方地放棄了一些飲食，如巧克力或紅酒，用他們反正不需要的東西來向自己慶祝，當復活節來臨，他們吃高級巧克力，喝黑皮諾，繼續以前的生活。

我想讓生活變得不同。教會是我的儀式，20 年來為我創造了父親猝死之後所渴望的穩定，並陪伴我經歷艱難時刻。一年半前，我和丈夫分手，現在的我正在重建生活，尋找自己的立足點。一個我已經能夠重新開始的跡象就是，我遇到了一個聰明、善良的男人，並墜入愛河。

但有一個問題：只要有輕微的感情壓力，喬伊就會不安。在我們第三次約會，他自稱有「承諾的問題」。我們早期的交往像一場尷尬的舞蹈，舞碼是喬伊先對我示愛，然後擔心他無法開始親密關係，而我向他保證他可以。當他決定投入時，情況變得更糟。一確定了我們的關係，我就需要他說出他愛我。而且，儘管我以為自從離開前夫之後，我已經多有成長，儘管我不想在半夜兩點還用我前夫曾經忍受的「你真的愛我嗎？」這個話題折磨喬伊，我仍然堅持，施壓是得到保證的唯一路線。有一天晚上，我帶著盼望注視著喬。「我想你知道我對你的感覺，」我脫口而出：「但我不知道你對我的感覺如何。」

一陣沉默。當喬伊意識到我這個未闡明的問題，他皺起眉頭。在接

下來的幾個星期裡，即使看著他退縮，我也無法收回這個問題。從他在冰箱裡為我留的小蛋糕、從我到達他家時他開燈的方式來看，我直覺他確實愛我。但我的需求使他抗拒。他的抗拒讓我施加更大的壓力。這一切令人絕望。

然後，聖灰日那天，我坐在教堂的長木椅上擔心和喬伊的關係，我對於守齋有了新的想法。主教說，守齋無關自我剝奪，也不是為了自我感覺良好而放棄無關緊要的食物。他又說，傳統上，人們齋戒的是食物。這個想法不僅僅是為了懲罰自己。這個想法是，透過減少飲食，可以為需要更多食物的其他人提供額外的食物。守齋可以是減少取得，以便給予更多。

當主教的結語還在耳邊迴響，我跪下祈禱，於是開始思考。我認為我需要什麼，可以減少取得？我能用什麼代替給予？

愛。我可以專注於給予愛，而不是擔心如何獲得愛。

所以接下來的 40 天，我對愛的需要守齋。這 40 天來，我專注於愛別人。我寫卡片給我的祖父，我打電話給朋友，承接他們的憂慮，我比平時更加親切地對陌生人微笑。我傾聽髮型設計師悲慘童年的漫長故事，並鼓勵他回到大學追求自己的夢想。我花了一星期，幫助我從伊拉克退役回家的兄弟適應平民生活。

和紀律有關的部分相當容易，涉及喬伊的部分則不然。每天我都有強烈的慾望，想要設計出一些強行提出這個問題的新方法。（大聲說：「你不覺得我們在一起很美好嗎？」暗示的是：「那麼為什麼你不能說你愛我？」）我發現自己拒絕給予愛，因為擔心他不能回報。我會不去吻他，或者陷入陰鬱的情緒。但每次我逃離，我會回到我的守齋。我打從心裡消除想要獲得愛的衝動。我的心情變好，我充滿感情地親吻他，而不是希望他會說出那些我想聽的話。

在我守齋的一天早晨，我醒悟到：我已經擁有了我所需要的愛。從我的母親和兄弟，從我的朋友那裡得到，甚至在我父親死前，從他給予我的愛的記憶中得到。有意識地愛別人，並且看到他們自發地回報我的愛，使我更清楚地認識到我生命中的愛。最重要的是，我從上帝那裡，或是從無論你怎麼稱呼宇宙這個更大的真實中，得到了我所需要的愛。

我不需要喬伊的愛。然而，我還是想要。

在守齋 40 天即將結束時，喬伊突然說：「也許我沒有給妳妳應得的一切。」我們都知道我們真正在談論的是那三個未說出口的字。他要來我家一趟，聲音消失在因為我們通訊不佳的手機斷續通話中。我有個不好的預感，覺得我們會分手。

當喬伊按下我的公寓門鈴時，我要自己冷靜下來，要禮貌地歡迎

他，但萬一他其實不打算說他愛我，就要保持冷淡。但接下來，我環抱著他，心想：「如果我連現在都堅持守齋會如何？如果與其因為害怕他不會給我愛而推開他，我反而留在這裡抱著他，不斷親吻他，讓他感受到我的愛，那會如何？」

喬伊也抱著我。他說：「我臣服於對妳的愛，而這種感覺……非常美妙，」然後他說：「我愛妳。」

情況當然也可能完全不同。喬伊可能有所猶豫，我們的關係可能就此結束。我對愛的守齋讓我對這個可能性有了心理準備，而且我的接受態度使得喬的愛變得可能。守齋繼續。正如馬克主教在那個聖灰日的布道結束時說，如果你的大齋期守齋是好的，那 40 天結束後，你也不應該停止。喬伊仍然有承諾焦慮。我仍然想要對他施壓。我每天都覺得我需要比我已經擁有更多的愛。而且，每次我先說「我愛你」，仍然會有奇怪的平靜新感受。

——瑞秋‧霍華德（Rachel Howard）

與丈夫和女兒住在加州的內華達山脈的山麓丘陵。她是位小說家、藝術記者，著有《失去的那晚》（*The Lost Night*），一本對於她的父親遭謀殺懸案在情感上有所遺憾的回憶錄。

誘 惑
The Temptations

精疲力盡的丈夫和我幾乎沒有注意到，隨著缺乏了性愛，我們之間的親密也逐漸喪失。

So tired, my husband and I hardly noticed that with sex gone we also suffered a corrosion of intimacy.

◆

在我們第一個孩子出生的頭一年，性愛在我們的婚姻中消失了。「沒什麼大不了的，」每個人都聳聳肩，「這是常有的事。」洗衣、恐懼和疲憊讓我的生活圍繞著寶寶快速旋轉。我並不想念性愛，但我想念那個曾經喜愛性愛的自己。

精疲力盡的丈夫和我幾乎沒有注意到，隨著缺乏性愛，我們之間的親密也逐漸喪失。只有在他站在廚房中間太久，擋住我前往冰箱的路時，我才會注意到他。他的身體對我而言，只會讓我覺得煩躁。我們家客氣的緊張氣氛即將引爆。

當寶寶年紀稍長，我們就有了另一個孩子。當我們躺在黑暗的床上

談論孩子時，某種親密感悄悄回歸，但並未喚起我們久違的激情，這不過是人質的熟悉。

有一天，等待小孩從幼兒園放學時，一位父親提起了鋼琴課。我在校外教學和才藝表演這些場合認識吉姆。我對他沒有什麼想法，他對我而言太過衣裝畢挺。但是現在，由於他壓低聲音以免打擾孩子上課，並將他對幼兒音樂教育的熱情傾注於我，我感受到他的語氣、外表和呼吸，感覺就像從有空調的辦公室走入陽光之下。他的緬因州遊艇裝扮整齊得讓我渴望，然後，除了渴望，還伴隨著最幽微的慾望顫動。或者應該說，不是像慾望那般年輕而瘋狂，而是一種想要去感受的感覺。喔，我的天，他寫下教師的名字時，我渴望他。

大約一個月後，這種迷戀過去了，取而代之的是我迷戀上喜歡去歐洲旅遊並談論好咖啡的丹；然後是共和黨員泰德，會蓋房子的史蒂芬，當我遇到他教孩子騎自行車時擁抱我的卡爾。當這些人看著我的時候，都不會想到我給孩子餵奶。沒有人看著我幾乎睡著，狀況淒慘。即使他們不知道，他們看到的我，都是以前曾經的某個我。

在我對麥特（少棒聯盟的教練）的迷戀過後某個時間，我看到丈夫站在水槽前為水杯注水。我看著他寬闊的肩膀，他因為我知道他想說什麼而感到高興。他轉過身來，我挑逗他，用一種高中時調情的做作姿態看著他的眼睛。他用手環抱我的腰，就只是這樣，但蔓延

的情慾溫熱我的大腿、我的指尖，我想，我渴望他。

是他，我的丈夫。每次迷戀都讓那個女孩正在休眠的情感恢復，並且漸漸消弭了留在我身上的母親義務。我和丈夫在八年前成為父母的前夕並不知道，孩子、金錢和荷爾蒙會在我們的性生活中舉足輕重，不了解這些加在一起的致命影響。但是，我們也不知道藉由共享的生活，我們會儲存多麼大的力量。

——蘇珊娜・索南堡（Susanna Sonnenberg）

著有兩本《紐約時報》暢銷書，分別是《她的故事：友誼中的人生》（*She Matters: A Life in Friendships*）及《她最後的死亡》（*Her Last Death*），同時著有多篇散文及評論。她住在蒙大拿州的米蘇拉。

尋找第二春

Looking Out for No. 2

突然間，我明白了，就如人們常說的，婚姻是為信仰而奮不顧身。而我是先奮不顧身，才有了信仰。

Suddenly, I understood that marriage is, as it has often been said, a leap of faith. I had just made the leap; now came the faith.

◆

我一直到決定再婚，才意識到婚姻充滿不確定和不合邏輯。第二次結婚時，你不能躲在浪漫的無辜背後。你已經知道有多麼容易把另一半視為理所當然。你知道和別人一起生活有多困難：花費多年建立親密關係，在不偷走所有可用的陽光和食物之下成長，或是在日復一日因家務瑣事而吵架、因馬桶蓋要立起或放下而爭論，或像做三明治時要怎麼使用美乃滋（「絕不用」與「一定要」）這類對立下，還能單純地喜歡那個人。在第二次婚姻，你已經知道失敗有多麼容易。

把明確的統計數據（首次婚姻的離婚率將近50％，第二次婚姻的離婚率則有40％）忘了吧。大家都知道，婚姻失敗潛伏在下一次財

務危機、生活方向的矛盾，或是過多的粗心大意和傷人話語之中。在我們周圍，婚姻正在崩潰，家庭正在四分五裂，人們退縮到角落中、將就、放下、隔絕。

在遇到約翰之前，我即便梳理了第一次婚姻的失敗，想知道該丟棄什麼、挽救什麼，也意識到我並不排斥婚姻。問題一直出在我認為婚姻代表著到達目的地，而不是標示出發點。我和第一任丈夫並未在婚姻中失格，我們的失敗是因為，我們期待在陽光明媚的四月天交換誓言後，婚姻就能自己維續下去。

離婚過後，人們、朋友和熟人似乎都預料會有隨之而來的痛苦——他們在分享他人的婚禮消息時就預期了不開心和分離。但他們什麼也沒有得到。我對婚姻制度更尊重了。這個制度讓我變得謙卑，並且了解我需要懷著勇氣和希望、不懈地投入自己。我抱持著敬畏。

當約翰和我都感受到我們之間不可抗拒的拉力，包括驚人的吸引力、相互理解的意願、溫柔、樂趣，我們開始考慮共同的未來。我們適合成為伴侶，在大多數的生活中我們都契合。他真心喜歡我的古怪家庭，喜歡他們做自己的自然力量。而我非常喜歡和他同住的17歲兒子，他已經進入個體化的青春期夠久了，讓我能夠看到他的善良心靈和敏銳頭腦，也讓我有機會找到方式和這種我從來不明白的現象——青春期男孩——和平共處。

約翰和我擁有許多相同的興趣（城市生活、豬肉）和特質（專橫、幹勁）。我們欣賞彼此不同之處，並接受不欣賞的地方。我的優秀治療師一直告訴我，成熟的愛是能夠包容愛人有所缺陷，並仍舊能視對方為完美的對象。哦，我想，我現在擁有了。

經過了兩年在跌跌撞撞中向彼此緩慢靠近，我和約翰結婚了——在我的（現在是我們的）後院，有 150 名見證人和 40 塊燒烤肋排，一堆第一次婚姻的禮物桌上會有的配菜，以及一種安靜而確信的喜悅感。我們在一群所愛的人面前交換了誓言，我確信自己正在做對的事情，但同時也不知道將會面臨什麼。

這些體現的矛盾，約翰稱為「明顯可見卻使人盲目的閃電」。突然間，我明白了，就如人們常說的，婚姻是為信仰而奮不顧身。而我是先奮不顧身，才有了信仰。在那一刻，我發現，想要向統計數字挑戰，建立強大的結合，最好的機會是把婚姻視為需要奉獻和實踐的神聖行為，同時也是人們在與自己的（諸）神之間所尋求的絕對真誠。

我不是傳統意義上的教徒，當然不是我某些親戚說的那種「會固定上教會的人」。我在一個少數宗教中的少數家庭長大，打從出生以來就是一神論信徒。而在我成年時，如果一神論信徒有可能這麼做的話，我背離了該教派。但我參加婚禮、葬禮、民事結合、嬰兒奉獻禮和猶太教成年禮，以及各種節日和儀式。我的親友中有衛理公

會、非裔衛理公會和有色人種衛理公會的信徒，所以我多年來都有機會見證他人的信仰，這是令人興奮和美麗的事。

我注意到，我所欣賞的有信仰的親友，並不限於一週的某一天實踐信仰，也適用於日常生活的曲折和轉變。同樣地，我對這次婚姻的承諾，並非年復一年地慶祝週年紀念日或是在發生麻煩之後想辦法解決，它是嚴密且持續的試金石。我意識到我向約翰做出的承諾，是和他心心相印，是交出自己的心，成為他毫無防備的心靈的守護者。

這樣的意識帶我來到更高的高度，在那裡，我能相處、退後、安慰和尋找答案，不受小口角的影響。不幸的是，這樣的意識並不完全確保能解決日常的紛亂。把馬桶蓋放下、知道該把吸塵器收放在哪裡，以及按照別人所說的去做，對任何人都不會造成傷害。或是記得他已經不止一次向我詳細解釋了諾頓850突擊隊（Norton 850 Commando）的優點，諾頓850突擊隊是1973年可以買到的最快的其中一台摩托車。當時歐洲摩托車在性能上依然主導市場，等到日本本田750四汽缸重機上市之後，便成功風行，成為最受歡迎的車款。

信仰需要你相信自己看不到的東西。舉例來說，我知道我必須擁有自己關於諾頓突擊隊的故事版本，即使我沒留意。而且，相信讓我更有耐心。當約翰正在進行他極有熱情的事物——我認為排名的順

序是讓油漆乾和下載軟體——我會提醒自己，這是一個挑戰自己限制的機會，我也因此有所收穫，能夠分享別人的熱情和想像力，而且當你日復一日與某人一起生活，一定會遇到這種情況。如果一切都不管用，我會回想去年春天去法國的旅行，天氣有多完美，我們一起到鄉間的跳蚤市場尋寶的過程有多美妙。耶穌升天節那一週，所有好旅館都被訂滿時，我們如何繼續保持幽默感，並入住一間俯瞰大型購物中心的普通汽車旅館。

信仰是走出自己的一種方式。信仰也是去記住這個軼事會過去；團隊合作比單打獨鬥更重要；你不需要以相同的方式記帳，以證明你們的結合很平等，你們也很適合對方；也記住煩惱和責備往往是把焦慮放錯位置的結果，而如果能看清楚這種焦慮，極有可能加以認出並得到解決，而不會留下開放或潰爛的傷口。就如心理治療師黛博拉·盧普尼茲（Deborah Luepnitz）所說，我們都是刺蝟。我們尋求他人的溫暖，但很快就會讓自己陷入對方的刺裡。

在我所認識的信徒中，信仰無關完美。正如貴格派教徒所說的那樣，信仰是知道在每個人心裡，都有一道不能熄滅而聖潔的光。信仰是關於在面對失敗的時候珍視至善，要留下空間來成長、失敗，然後再次恢復，每個過程都能獲得同等的尊嚴。因此，經過實行之後，我發現，好的婚姻也是如此。

——莉絲·凡德柏格（Lise Funderberg）

文章散見於《紐約時代雜誌》及《國家地理雜誌》。著有《香甜烤乳豬：帶我父親往南方，帶我父親回家》（*Pig Candy: Taking My Father South, Taking My Father Home*）及《黑人、白人、其他人種：混血美國人論種族和定位》（*Black, White, Other: Biracial Americans Talk About Race and Identity*）。她與結婚 14 年的丈夫住在費城。

航位推算法
Dead Reckoning

在導航中，航位推算法是計算相對於前一點位置的過程。我們做出決定的確切地方通常不會標記。但在我生命值得標注的時刻，死亡已經成為屬於我的個人北極星。

In navigation, dead reckoning is the process of calculating a position relative to a previous point. The exact places where we make our decisions usually go unmarked. But in the signal moments of my life, death has served as my own personal North Star.

◆

我坐在位於亞利桑那州斯科茨代爾東大街的一輛運動休旅車裡，距離在鳳凰城醫院的父親有 11.2 英里，距離我母親被埋葬的公墓 8.2 英里，距離我在其中長大、但為了父親的債務而出售的家 4.2 英里，距離我位於紐約的丈夫、兩個女兒、工作、朋友和家 2,398 英里，距離我愛過 20 年的男人兩英尺。我們談到很久以前離開彼此有多後悔。

「你為什麼不挽留我？」我說。

「我不知道還有這個選擇。」他嘆了口氣,「我在來世可以擁有妳嗎?」

我們 40 多歲。我們生活在不同的城市,屬於別人,是加起來七個孩子的父母。想要改變人生路徑絕對不可能。不可能!

但不知為何,我說:「他媽的來世。有一天我會死。」

我很健康。根據統計數字,我不太可能在 40 年之內死亡。但死亡已經在我腦海裡,在我的周邊閃過。我曾經看著跳水用的跳板,心想:「不知道如果我做完最後一次前空翻會如何。」我 36 歲,不能忍受這個想法。所以我做了一次,然後從此之後每個夏天都會做一次。會有一天,我老化的身體會阻止我做另一次前空翻。但不是今天。

在導航中,航位推算法是計算相對於前一點位置的過程。我們做出決定的確切地方通常不會標記。但在我生命值得標注的時刻,死亡已經成為屬於我的個人北極星。

現在在這輛運動休旅車裡,就是這樣的一個時刻。坐在卡洛斯旁邊,我判明自己的方位:我有很好的婚姻,而不是充滿激情的婚姻。我為我崇拜及欣賞的人而工作,但我的工作就要結束。我住在迷人的城市,但渴望能減少支出,睡得更好,靠近父親,並讓孩子

有更大的空間。在駕駛座上，我做出選擇：我對來世沒有興趣。我會在今生活下去。

我更改了我的返程班機，在鳳凰城多待兩個星期。我希望有機會去探索我一直哀嘆著失去的愛，有機會幫助我父親，有機會暫停。我問自己：「如果我的旅程中最後一站是死亡，在那之前，我想要做什麼，感受什麼？」在此刻和死亡之間，我想和這個男人做愛。在此刻和死亡之間，我需要一個充滿熱情而非溫和的婚姻。在此刻和死亡之間，我不想太害羞或太安全。

卡洛斯說：「我的今生已經過了一半。」我們已經失去彼此20年，不想失去更多。我回到紐約，辭去工作。我離開丈夫，和女兒一起搬到鳳凰城。我的朋友大衛寫了一封電子郵件：「活在當下，是的，很好，沒錯。但為什麼我們表現得好像我們只剩六個月可活？」

但為什麼表現得好像還有60年可活？

我試圖賣掉父親的房子，但做不到。我想要這種房子：鵪鶉、橄欖樹、大尤加利樹、長耳大野兔。我想看著我的女兒們和我一樣在同一條走廊奔跑。我向父親買了房子，搬進去，邀請卡洛斯和他的孩子也搬進去。對別人來說這麼做似乎很魯莽，但我們覺得早就該這麼做了。我即將離婚的前夫認為我不正常。大衛說，15年後，他

沒辦法繼續當我的朋友。我的妹妹哭了出來，問我這麼做是不是「有點太急」。我也懷疑自己是否做得太過分，將來會不會後悔。是不是傷了丈夫的心，讓女兒的生活脫序。我感到孤獨、無所適從，半數時間都覺得自己喪失心智。為了做到這次的奮不顧身，我需要一種幾乎是宗教的信仰，去相信我的直覺、我的想望、這個男人和我自己。但一位朋友告訴我：「愛會延伸出去。」而且有很多證據可以證明如此。我的生活變得更加豐富。我突然擁有更多──人、空間、快樂。當然，也有更多的心痛。但這是人生，我現在的人生也更加多采。

當我並不絕望時，我知道我擁有的並不尋常。我和卡洛斯每天早晨在我成長的房子裡、在我母親嚥下最後一口氣的房間裡醒來。陽光從玻璃門透進來。長耳大野兔啃咬著草地。鵪鶉沿著露台狂奔。橄欖樹如哨兵般站立。很快地，孩子們就會擠上我們的床。卡洛斯說：「我們又展開新的一天。」會有這麼一個早晨，我完成最後一次前空翻，最後一次擁孩子入懷，最後一次和卡洛斯做愛。會有那麼一天，我們中一人不在床上，我們度過了在一起的每一天。他從我母親在我們臥室外種植的橄欖樹上取材，為我做了結婚戒指。我當然答應。無論我如何駕駛，死亡都是最終目的地。而我想過著值得為此死去的日子。

──梅格・蓋爾斯（Meg Giles）

作家。與先生、孩子和小狗唐吉訶德一同住在亞利桑那州的斯科茨代爾。

結束與開始
ENDS AND BEGINNINGS

我記得真實世界很寬廣，有著各種希望和恐懼、感覺和激動，
等著那些有勇氣投入這個世界的人⋯⋯
I remembered that the real world was wide,
and that a varied field of hopes and fears,
of sensations and excitements,
awaited those who had courage to go forth into its expense⋯

——引自夏綠蒂・勃朗特（Charlotte Brontë）作品《簡愛》

當心保持開放
When the Heart Stays Open

因為當心保持開放時，總會收到意外的禮物。我發現我害怕會毀了我的變化總是成為一扇門，而當我走出那扇門，會發現更勇敢和優雅的自我。

Because unexpected gifts are given when the heart stays open. I've found that the changes I feared would ruin me have always become doorways, and on the other side I have found a more courageous and graceful self.

◆

抗拒變化似乎是人的天性，當事情不如我們預期出現時，會像兩歲孩子一直喊著「不要！不要！不要！」。但困難的事情無法自行解決，發脾氣只會使情況變得更糟。

我心愛的妹妹與癌症戰鬥許久之後，在最近去世。每當我感受到心中升起那種「不要」的感覺時，我就十分警覺。我坐下來，閉上眼睛，把手放在我的胸前，深呼吸並低聲說「是的」。是的，情況發生了。是的，我可以面對。是的，我會感到失落，但不會抵抗悲傷。

因為當心保持開放時，總會收到意外的禮物。我發現我害怕會毀了我的變化總是成為一扇門，而當我走出那扇門，會發現更勇敢和優雅的自我。

——伊莉莎白‧雷瑟（Elizabeth Lesser）

歐米加學院（The Omega Institute）的共同創辦人及三本書的作者。其中一本最新完成的回憶錄為《骨髓：愛的故事》（*Marrow: A Love Story*）。

第二陣風

Second Wind

風對我無所求。它不關心我有什麼野心或成就。它提醒我，生命的美麗來
自日復一日的嘗試。

The wind wanted nothing from me. It cared not at all about my ambition, my
accomplishments. It reminded me that the beauty of life is in the trying, day after
day.

◆

我在哥倫比亞河峽谷度過去年夏天。我看著水面的波紋如皺紋紙
般起伏。有時候，風的時速來到 25 英里，有時是 30 英里，伴隨
著 40 英里的陣風。然後，我每天都穿著潛水衣、頭盔和安全帶，
帶上風帆衝浪板，精神飽滿地下水，知道這條河會如昨日一般打擊
我。

哥倫比亞河分隔了大部分的華盛頓州和俄勒岡州，風帆衝浪愛好者
將其列為世界上最好的地點之一。對於厲害的風帆衝浪者來說，這
裡是天堂，然後我卻未列其中。我會舉起風帆，而陣風會讓我抓不
住風帆。我會再次嘗試，有時候會在衝浪板上猛然一跳，鉤住安全

帶，把腳滑入帶子，但風往往如此強烈，板子會浮起，等我回神，自己已在空中向前拋，然後被困在水下。

儘管我的朋友難以理解我正在做的事情，但我在峽谷裡要做的就是恢復——從 25 年來一直對我生命造成嚴重破壞的瘋狂野心中恢復。我先是被擢升，然後遭到毀壞。先是充滿電力，接著遭到毀滅。我就是如此，不過是團狗屎。我在協助建立並運作的出版社待了十年之後，在十週年那天遭到解雇。那是聖誕節前兩週。而且過程還是透過電子郵件。

換句話說，輸得一敗塗地已經成為我一生中的重要話題。

我努力了這麼久。我從未停下腳步，氣喘吁吁、持續不輟、猛烈地寫作、編輯，和朋友一起在高處掛著，用自己的方式往上爬。結果呢？到最後，做這些事情沒讓我留下什麼持久的價值。我想知道如果我放開一切，不找工作，不沉迷於野心中，會發生什麼事。

我丈夫認為這是個好主意。「妳就停下來，」他說：「養精蓄銳。」他建議我認真地練習風帆衝浪這項運動，做為澄清思緒的方式。（他總是開玩笑說，風帆衝浪就像拿著吹葉機對著大腦吹。）我 56 歲，超重九公斤（又一次），並且曾經因為兩個椎間盤破裂而動過手術。我以前曾經玩過風帆衝浪，但只有在平靜的水中。我不喜歡大風。我不喜歡高速。

但我想放棄過去。我想感受恐懼，並勇往直前。我想學習如何乘風破浪，保持敏捷，無論面對什麼都無所畏懼，而且我想不到比投入於無形且不斷變化的風中更好的方法。畢竟，就像所有陳腔濫調所說的一樣，我現在的遭遇不就是風雲變色嗎？

利用風作為轉化的道路並非新概念。古代的宗教思想充滿了要我們隨風而動的勸勉。中國哲學建議我們遇到風要像竹子一樣彎曲，而不斷裂。道家也說，我們看不到風，但我們可以觀察它的力量及改變事情的方式。風讓旅程變快，移動種子，使其生生不息。對我來說，最後一個例子很有幫助。

我決定在哥倫比亞河華盛頓州那一側最受歡迎的偏遠城市史威爾市航行，那裡有一小群水手把大部分的清醒時間都用來航行、抽菸和喝啤酒。卡車和老舊廂型車裡傳來刺耳的搖滾樂聲。每個人都有綽號：狼仔、他媽的戴夫、佛祖斯坦、啾啾約翰、辣妹蘇西。人們見面會溫和地打趣，興致一來就舉辦烤肉派對，並且不停地談論風：它在哪裡，它將在哪裡，它會造成什麼影響。

結果那年七月即將成為史上最多風的其中一個月。天氣時而炎熱，時而起風。純粹的體力運動讓人上癮。而我深深著迷於偉大的哥倫比亞河中的美麗。遠處白雪皚皚的胡德山讓人望而卻步。白鷺和禿鷹潛進水中捕捉鮭魚。我感到驚奇：我正在做的事不為任何人，對我在這個世界的地位沒有任何作用。這件事並未替我贏得朋友，也

沒有帶來仰慕者。在這之中，只有無盡的來回、風和水、天空及其下的我。

很多時候我都非常害怕。當狂風吹起，我太害怕，以至於無法鉤住拴在帆上的安全帶，因為在強陣風之下，我會被風拋向空中。整組動作取決於一系列連結：板上有桅杆，人身上有安全帶。所以當強風吹來的時候，我會在板上跳起，為了寶貴的生命堅持住，或者被洶湧的浪濤打敗。其他水手很傻眼：為什麼要對抗風？

「要鉤住安全帶，」他們會說：「要更快一點。」

我也無法使帆改變方向，讓帆具擺動到風帆板的前面。你必須快速航行，全身心投入，心無旁鶩地駕駛風帆，在面前的帆翻轉之前讓風帆板轉向。這是結合速度、力量、恩典和時機的精采動作，就此可以分出專家和玩票者的高下。看起來不可能成功。但是，就我生命中需要做的事而言，這也是個恰當的隱喻。

所以我一次又一次地做了我害怕的事情：加速。全身心投入。心無旁鶩。我不斷航行，直到疲憊不堪。而且我重複又重複。那個夏天我的兩根腳趾骨折。我的手臂疼痛。我的腿滿是瘀傷，晚上還會抽筋。而我得到前所未有的快樂。

我每天白天都出航，我的心靈在晚上工作。我夢見橋梁在我腳下搖

晃，被繩子綁住，汽車無法加速上山。但每天早晨，我醒來的第一件事就是思考使帆改變方向的可能性，想像著我的腳使板子轉向，我的雙手拉著帆，轉動，再抓住。轉向！轉向！經過炎熱又愉快的月份，我還是不會讓帆改變方向——但我學到了某件同樣重要的事。

有一天，一個朋友和她 15 歲的兒子一起到峽谷來看我，在我解釋了使帆轉向長久而無果的嘗試之後，他說出了最簡單、最深刻的話語：「這一切取決於態度。」這個孩子只玩過三次風帆衝浪，但他知道其中奧祕。「如果你到那裡，知道你一定做得到，那你就做得到，」他繼續說：「但如果你到了那裡，害怕會受傷，那你就會受傷。」

我對他笑了笑。這不就是我在生活中遇到的相同問題嗎？我一直害怕無法達成目標、做出成績、找到工作、完成合約或交易。於是，我當然就會看著我在工作上最害怕的恐懼成真。

我知道我必須讓恐懼離開，我慢慢地這麼做了。即使經過了特別糟糕的一天，我發誓再也不會從事風帆衝浪，但如果第二天又起風，我還是會受到那些萬事完美、一切如奇蹟般的輝煌日子的瘋狂記憶所驅動，繼續這項運動。因為風而快速前進，完全準備好的你伸出雙腿到水面上，用腳趾和腳跟來控制方向，在失重的狀態飛行，讓大自然的力量帶領自己。這世上再也沒有其他相同的感覺。

風對我無所求。它不關心我有什麼野心或成就。它提醒我，生命的美麗來自日復一日的嘗試。那就是我所在的地方：還在為轉向而努力，無論在生活中或是在風中。

——李·蒙哥馬利（Lee Montgomery）

作家暨編輯。居住於奧瑞岡州的波特蘭。

玫瑰就是玫瑰，一種神奇的治癒
A Rose Is a Rose Is a Miracle Cure

玫瑰的香氣變化是垂直的──在一天之中它變得愈來愈深、愈來愈豐富，直到突然間，你來到了最後一層，接著香味便消失無蹤。

The fragrance of roses is vertical — over the course of a day it gets deeper and richer until, quite suddenly, you've reached the final layer, and it's gone.

◆

對我的心來說，2010 年冬天是個艱難的季節。我遇到一個極傾心的男人，幾乎可說是無法克制地瘋狂愛著他。有一次，因為想到過幾天就會和他碰面，於是我拿了一根香膏，沿著左臂寫下他的名字，然後看著淡淡的筆觸融化，大大的字母跨過手腕上的靜脈。至於他對我的感覺，他不介意我的陪伴，但他不會為了我特別找機會見面。他有一天晚上在倫敦對我說，下次我去那裡的時候，他會想見見我。我住在布拉格。如果不是那一年我已經有三次不成功的戀情，我可能不會感到沉重。我對於那三次經驗沒有太大感覺，但連續四次落空的戀情會讓人難以承受。

我放棄了那一年，告訴自己，明天的元旦一切重新開始，並且在聖

誕節後把注意力轉向從夏天就開始的旅遊計畫。當時我贏得了英國一個為年輕作家而設的大獎。該獎項是由已逝的英國作家毛姆所創立，並規定獎金用於國外旅遊。我從一個朋友那裡知道，安潔拉·卡特（Angela Carter）用她於 1969 年獲得的意外獎金讓自己擺脫了不幸福的婚姻，搬到日本，她在那裡成為激進的女權主義者，並與一個當地人陷入情慾關係。我從一個網站了解到，金斯利·艾米斯（Kingsley Amis）不情願地用他 1955 年獲得的獎金到葡萄牙旅遊，然後寫了以出國旅行的侮辱為主題的小說。

我選了伊斯坦堡，因為想要到這個我極喜歡的作家阿嘉莎·克莉絲蒂（Agatha Christie）造訪多次的城市一探究竟。當我預訂機票時，我完全不知道心碎會是我此次旅程的伴侶。

當我到達時，我把情感深藏起來，希望不要受到打擾。我極為傷心，以至於走路時都能感覺到重心不穩。我在石頭鋪成的人行道上搖搖晃晃地走著，彷彿耳朵裡進了水。我把行李放在民宿，然後來到了貝伊奧盧區的佩拉皇宮飯店，據說克莉絲蒂在那裡完成了《東方快車謀殺案》的部分內容。

飯店環境富麗堂皇，但也讓人感覺到不祥的貧乏，好像這間大飯店隨著時間的推移縮小，很快地就會消失無蹤，只留下鍍金而無用的拔釘錘。我用一杯弧形的土耳其玻璃杯喝了下午茶，沒吃蛋糕和三明治，讓它們變成裝飾。我帶了一本毛姆的《人性枷鎖》在身上，

變得對主角更加熟悉，而他在童年時，比起天堂，更相信地獄，因為在他看來，痛苦可能比生命更持久，而幸福極有可能不是。

我記得我讀到麥爾坎 X（Malcolm X）曾在開羅的雪花石清真寺禱告，於是在 2004 年造訪那裡，第一次聽到回教徒召喚信徒禱告的宣禮。我盤腿坐在圖案多變的地毯上，這個聲音在清真寺大廳中環繞著我們的白色柱子之間迴響著。當時 19 歲的我，聽到了如此渴望和清澈的聲音，還以為那聲音來自我心裡。現在，在伊斯坦堡，宣禮員從天上數百座尖塔那裡誦讀了五天的宣禮，他們向信徒傳達的訊息在屋頂上流動，並把像我這樣呆若木雞的外國人聚集在一起。

從加拉塔大橋看伊斯坦堡，我看到了它的歷史。這座城市有一部分位於歐洲，另一部分則在亞洲。我看到在兩座大陸之間流動的博斯普魯斯海峽。在兩岸，禁慾的漁夫整天都在將魚餌穿進釣鉤，然後扔擲出去。穿著布卡的女孩和穿著牛仔褲的女孩一起喝茶。頭巾與迷你裙及五顏六色的緊身褲相配。我彷彿透過螢幕觀察到這一切。當人們對我說話時，我感到驚訝和輕微的責備，好像我一直在看著黑白驚悚片，而其中一個角色突然向我尋求建議。

晚上，在一條安靜的街道上的黑暗房間裡，穿著白色長袍的音樂家彈奏了巴拉馬琴和烏德琴，修行者的旋轉舞在腳下被燈照亮的正方形投射了陰影。他們毫不掩飾的狂喜如此令人震驚，我看不到蘇菲

派信徒的臉。相反地，我看著他們的手從腰部開始慢慢舉起，直到手臂高舉過頭，彷彿展開並延伸到神聖的愛，而那樣的愛回到了浪潮中，將他們浸入核心。他們讓我有生以來第一次覺得，我可能永遠不會找到我需要的那種愛。然而，那些愉悅舞者的存在讓人覺得不可能做出明智的事，不可能放棄希望。

第二天，12 月 31 日，我造訪了奧圖曼帝國好幾代蘇丹所居住的托卡比皇宮。這座宮殿是財富和權力的虛華作品。托卡比滿是高聳的樹木、隱藏的勝利和豪華的監獄，居住著閹人和從全世界綁架的奴隸女孩。我看到它的美麗，但那美麗的本質只有殘酷。這座無恥之城，以其古老的陰謀和洛可可式的海濱清真寺召喚著我的想像力。我對於那對我無益的誘惑感到警惕。

幾小時後，在聖索菲亞大教堂，我盯著那些描繪基督及聖母飽受日曬雨淋而褪色的馬賽克，旁邊還有很多用綠色和金色書寫的名字，包括阿拉和穆罕默德。我突然想到，自己正身處這世界的奇觀之中，於是不由自主地露出微笑。那天晚上，我躺在床上，想著毛姆小說裡的一句話：「有時他覺得如此孤單，以至於無法閱讀……」午夜時分，當新的一年來臨時，我想我聽到了煙火聲，然後走到窗前，卻發現那是慶祝的槍聲。帶著步槍的年輕人笑著。

早上我吃了一頓豐盛的飯，幾乎只是為了新奇。當你不快樂，並想要隱瞞，吃喝任何風味的食物都是一種風險——說不準哪一個會讓

你哭。但那天早晨晚些時候，我會往西飛到愛費蘇斯的考古遺址，在女神阿提蜜絲的廢墟之城的荒涼中遊蕩，所以我想我最好先吃點甜食。桌子上有一盤果醬，我倒了一勺在優格上。我以為是草莓醬，但並非如此。濃稠的糖漿漂浮著些許玫瑰花瓣，有些柔軟，有些因為附著結晶的糖而酥脆，而它的味道……在我的舌頭上留戀而樸實的綻放，讓我想起了《納尼亞傳奇》這個系列故事，土耳其軟糖的芳香魅力讓愛德蒙為了一嚐其味而背叛手足。

那天稍晚在艾費蘇斯，我看到了塞爾蘇斯圖書館斷垣殘壁附近生長著看起來最無辜的猶大樹，而橄欖樹懸垂在無門的石屋屋頂上，我開始意識到自己觀看的方式發生了變化。這個微妙的變化還需要空間滋長，但已經發生，的確存在。我早餐只吃了花，所以我把這個效果歸因於此。

回到伊斯坦堡之後，我開始研究玫瑰的多種用途。在艾米諾努的香料市場，我買了玫瑰皂、玫瑰花瓣、乾燥玫瑰花蕾茶，以及更多玫瑰花瓣果醬，都是用土耳其引以為傲的伊斯帕爾塔所生產的粉紅色大馬士革玫瑰製成的。據說從這些山麓的玫瑰花瓣中蒸餾出來的清澈精油非常有用。在接下來幾天裡，我想起為什麼幾百年來戀人之間會互贈玫瑰。我走進了這座城市，身上抹著玫瑰精油——每隻手腕各一滴，另一滴抹在鎖骨中央的凹陷處。晚上，我身上帶著玫瑰皂的香味躺在床上，溫暖而略帶黑暗，悄聲地提醒著刺人香氣。

玫瑰的香氣變化是垂直的——在一天之中它變得愈來愈深、愈來愈豐富，直到突然間，你來到了最後一層，接著香味便消失無蹤。在伊斯坦堡的玫瑰花床上，我的情緒一點一點地回落到自然狀態。我平靜地睡去，無夢。

然而，可怕的是我席捲而來的失望，這是屬於我的回應。畢竟，這是我的心，我的領土，我的國度。而且，由於只有我有權將其交出，所以我也可以收回來。當然，撤回很痛苦，但當你盼望著錯的人時，這麼做很方便。

而當你在準備好恢復之前的低點，當你心中的感覺如此洶湧，就像讓你喘不過氣來的啜泣時，當睡眠對你沒有任何幫助，聽音樂也只會讓情況變得更糟時，我建議你接受玫瑰的友誼：它們承諾會實現你的慾望，但不要像其他人一樣對它們發笑。玫瑰會發號施令（這就是為什麼它有時被稱為花的蘇丹）。直到你回答會忠實地等待你想要的東西之前，玫瑰都莊重而堅定。

幾年前，波斯詩人魯米的對句曾讓我深受感動，儘管我當時並不十分理解它的祈使語氣。現在我想他之所以會這樣寫，是因為情況就是如此：

「和朋友在一起時，說些神祕故事就好。
靠近玫瑰時，唱歌吧。」

——海倫・奧耶耶美（Helen Oyeyemi）

曾被《格蘭塔》（*Granta*）文學雜誌譽為於 2013 年最佳英國年輕作家。著有五本小說，其中《狐狸先生》（*Mr. Fox*）曾獲 2012 年赫斯特／賴特遺產獎（Hurston / Wright Legacy Award），《白色是用來施巫術》（*White Is for Witching*）則贏得 2010 年「毛姆小說獎」（Somerset Maugham Award）的殊榮。最新著作為短篇故事選集《命中無時莫強求》（*What Is Not Yours Is Not Yours*）。

讓狗兒的靈魂安息

Dog Rest His Soul

我們可以給自己和我們愛的人最好的禮物，就是讓他們保持原有的本質部分：不管是洶湧的河流、成長中的孩子，還是即將熄滅的光。

The best gift we can give ourselves and those we love is to let them be part of the nature of things: the raging river, the growing child, the dying light.

◆

我一直為女兒感到驕傲，她連一隻蒼蠅也不會傷害。她 12 年級時，和其他信佛的孩子一起到科羅拉多州的拉普德爾河露營。他們花了一夜時間清理帳篷裡肆意吸血的蚊子，卻沒有一隻蚊子因此而死。他們吟誦了一種淨化負面業力的真言（唵嘛呢叭咪吽），同時用塑膠杯把每隻吸滿自己血液的邪惡生物送去夜晚的空中。

一些佛教徒認為，如果你在動物自身的業力自然結束之前，便強行終結牠的生命，牠的痛苦可能會在下一生中變得更糟。我相信業力和來世，多年以來認為我也不會傷害蒼蠅。然後有一天，我在獸醫的辦公室裡，要求他殺了我的狗。

我從史考特還是一隻肚子渾圓如小豬般的狗崽時就開始養牠。住在附近的男孩會敲我的門,問能否跟牠一起玩,而牠總是愉快又敏捷地和他們一起奔跑。牠聰明又有趣,以至於我一直覺得,牠就像皮諾丘一樣,幾乎是個真正的男孩。但當牠十歲的時候,牠開始尿在屋子裡。一夜之間牠失聰了,原來牠罹患了腦瘤。

我告訴自己安樂死不會是選擇,在接下來的一年左右,我都直接用手餵食史考特,在半夜抱著牠上下樓梯,當牠在房子裡排便並在其中旋轉時為牠清洗腳掌。這種情況經常發生,牠會不停旋轉,用鼻子追著尾巴,晝夜不停。在牠以其為軸心旋轉的那隻腳的肉墊裡,有個擦破皮的斑點。

有一天晚上,史考特的旋轉變得瘋狂。牠轉得如此之快,以至於一頭撞上門框,摔傷了骨頭。即便如此,牠仍爬起繼續旋轉,眼睛完全失焦。我打電話給兩位獸醫,他們都說史考特很快就會開始抽搐,而抽搐永遠不會停止。必須讓牠進入昏迷狀態來停止這些行為,並且在死亡之前都保持昏迷。我無法忍受如此對待牠。

所以我去找了第二家獸醫,他是個溫柔的男人,知道我所做的事違背了我的信念。史考特和我一起坐在地上接受兩劑注射,一劑使牠鎮靜,另一劑讓牠的心臟停止跳動。我希望在第二次注射前能夠說再見,但第一次注射後,史考特倒在我懷中,身體如此沉重而靜止不動,牠似乎已經死了。然後,一分鐘後,牠死了。

我以為我會感覺到違背信仰的悲哀，但我感受到了完全不同的情緒。我覺得史考特已經從讓牠痛苦、老朽而精疲力盡的身體中解放出來，在超越我的空間裡獲得自由。我再次感到牠是我的那個快樂、懂禮貌、蹦蹦跳跳的男孩。真是讓人寬慰，我看到的是這個明亮、令人驚喜的願景，並沒有發生我所擔心的情況。

不過，我離開獸醫院之後，就一路哭回家。之後整整哭了兩天，就像關不上的水龍頭一樣。我可以正常工作，但當我開始做事的時候，總是淚流滿面。哭泣的一部分原因當然是悲傷，那隻甜美的狗讓我開心，但感覺也像在清除：不管出現什麼感覺，都以眼淚洗淨。這種易感以前從未發生過。哭的感覺很好。

我不想用對史考特和牠的東西的依戀把牠留下，我把牠吱吱作響的玩具和玩偶、牠的頸圈和床收起來，全部放進一個黑色大垃圾袋裡。當我從地板上掃到狗毛，從沙發細縫吸出塵土和草時，我哭了起來。鹹鹹的淚水向小溪般流在我的雙手和膝蓋上，我用鋼絲絨擦洗乾掉的小血塊，並從廁所後面吸出黑色的細小狗毛。當我收拾完，我把史考特的每樣物品都放進後車廂，然後載到了垃圾場。

我習慣緊抓著不放，不管是對失落、對情人、對愛皆如此。但現在我發現，即使是抱著高度信念而牢牢抓住，也會導致我們和其他人不必要的痛苦。萬事皆在不停流動與變化。沒有東西、也沒有人能永遠不變。我們可以給自己和我們愛的人最好的禮物，就是讓他們

保持原有的本質部分：不管是洶湧的河流、成長中的孩子，還是即將熄滅的光。

—— 翠什・戴奇（Trish Deitch）

文章散見於《Elle》、《紐約》等雜誌，及《紐約時報》、《洛杉磯時報》。她曾任《GQ》雜誌小說編輯、《紐約客》部落客編輯、《香巴拉太陽》（*Shambhala Sun*）及《三輪車》（*Tricycle*）等佛教刊物的總編輯，以及電影製片人薛尼・波勒的腳本編輯。

走出黑暗
Out of the Darkness

———— ◆ ————

就好像經過兩年半難以忍受的恐懼，我的體內警告機制終於放鬆了。我全身都感到溫暖，彷彿沐浴在陽光下睡覺。

It was as if my internal warning mechanism, after two and a half years of grinding fear, had finally relaxed. I felt warm all over, as if I'd been sleeping in the sun.

◆

我去年得知懷孕時，先是感到喜悅，接下來卻是逐日增加的驚慌。我難以入眠，也無法專心工作。即使我沒有孕吐的困擾，對食物也沒有什麼興趣。儘管父母不可避免會遭遇的難題就是，無法擺脫可能會有災難降臨到孩子身上的恐懼，然而對我來說，這樣的壓力從未減弱。婦產科診所密切監測我的懷孕歷程，讓我的恐慌更加嚴重。這樣的疼痛是否正常？我每天會打很多次電話給護士。我的治療師鼓勵我放鬆，活在當下，但事實證明我做不到。

我知道失去一個孩子的感覺。我的兒子洛南患有先天性的戴薩克斯症，這是一種罕見的神經系統疾病，無法治癒。在他確診後兩年，他慢慢地退化成植物人狀態；當三歲的他無法自行吞嚥時，就離開

了人世。我想盡一切辦法來面對心痛：冥想、跑步、瑜伽、將重繩索摔在地上。我的悲痛是一種全身心的經驗，以至於不得不針對心理和身體都加以治療。雖然一些技巧有所幫助，但再也不能讓我放鬆。如果我一直處於恐懼的狀態，要如何養育新生的孩子？

在洛南一生中的最後幾週裡，我為他預約了一種名為「核心同步」的按摩療法。這個療法的理論概念是，每個骨骼、肌肉和器官都會隨著腦脊液的核心電流，以順時針方向穿過我們的身體而「打開」和「關閉」。當電流自由運行時，這些動作會同步，就能減少情緒和身體上的痛苦和苦惱。該療法支持者認為，「核心同步」透過操縱流動我們身體結構的流動，使我們全身心和諧一致地動作。即使我什麼事都願意嘗試，仍舊抱持懷疑態度，但經過治療之後，洛南有了精神，在我的懷裡感覺不那麼緊張。現在我想知道同樣的治療者是否也可以幫助我。

我衣裝整齊地躺在一張折疊式按摩床上，治療者把手掌放在我的頭、背、脖子、腿、腳和臉，持續幾秒或幾分鐘，直到她覺得每個部分都已「同步」。整整一個小時，我並未從她溫暖舒緩的雙手，感覺到特別的變化。但當她完成的時候，我感到平靜，並莫名地充滿活力。我對身體有了新的感知：背部抵住椅子的感覺、脖子上的頭髮。就好像經過兩年半難以忍受的恐懼，我的體內警告機制終於放鬆了。我全身都感到溫暖，彷彿沐浴在陽光下睡覺。

我鼓起勇氣問了一個問題：「妳幫洛南治療時有什麼感覺？」

幾個月前，我會害怕知道答案。現在她告訴我，她感覺他的身體很平靜，但正在關閉，他的精神逆時針旋轉到底，散開了。

「妳現在感覺如何？」我問。

她的回答是：兩股力量強力地順時針轉動，我和我的女兒，朝著生命旋轉。

——艾蜜莉・拉普・布萊克（Emily Rapp Black）

著有《代表人物：一本回憶錄》（*Poster Child: A Memoir*）及《轉動世界的停駐點》（*The Still Point of the Turning World*），後者是《紐約時報》暢銷書，並進入美國筆會文學獎非小說類的決選名單。她是加州大學河濱分校創意寫作的助理教授，文章散見於《時尚》雜誌、《洛杉磯日報》、《華爾街日報》。

我們想要如何生活
How We Want to Live

但我們有個選擇。我們可以拉下百葉窗,留在這裡,繼續保持現狀。或者我們可以感謝我們的朋友和家人,以及彼此。我們可以去海灘。我們仍然可以過夏天。我們必須決定我們想如何生活。

But we have a choice. We can pull down the blinds and stay here and just be. Or we can be thankful for our friends and family and each other. We can go to the beach. We can still have a summer. We have to decide how we want to live.

◆

13 年夏天以前,我和家人去看了家鄉紐澤西小鎮的煙花表演。我們距離發射煙火的地方非常近,所以不得不躺下來看。煙花像下雨一樣,在我們上方閃耀,有些紙片落在我們的臉上。我開始恐慌。會不會影響孩子的聽力?我們吸進了什麼化學物質?我看著丈夫,他的臉告訴我,他也有同樣的擔憂,但我們如今身在其中,所以不妨先隨遇而安。當灰燼落在孩子小小的身體上時,他們尖叫起來,而排行中間的孩子伸出胖胖的小手,喊道:「媽媽,我太高興了!」我知道她是,而我也是。

四個月後，我的丈夫被診斷為類癌，我們被告知這種罕見的癌症「可以控制」。九個月後，他去世了。在他生命中的最後幾週裡，醫師一直告訴我們他會撐過去，所以我也這麼告訴孩子們。五月，當他在醫院昏迷的時候，我向他們保證，我們會在八月前往波科諾斯釣魚。

他們的父親去世的那個早上，我把孩子們叫到沙發上，確保我能觸摸到每個孩子。當我把這個消息告訴他們的時候，老大尖叫著：「妳騙人！」另外兩個小孩則抽泣地說：「妳說我們會去釣魚！妳說過我們要去波科諾斯！」

親友們接管了家事，帶來了食物和鮮花，想要讓我們好過些，但這是不可能的事。到了最後，也只剩下我們，以新的座位安排坐在餐桌旁。我們留下了爸爸的座位。當時是六月中旬，夏天就快到了。

「你們，」我說：「能夠發生在一個家庭中最可怕的事情已經發生在我們身上。我說什麼或做什麼都不會讓這件事變得不那麼真實。但我們有個選擇。我們可以拉下百葉窗，留在這裡，繼續保持現狀。或者我們可以感謝我們的朋友和家人，以及彼此。我們可以去海灘。我們仍然可以過夏天。我們必須決定我們想如何生活。」

11 歲的海莉說：「我選擇第二個。讓我們找點樂子。但我們還可以想著爸爸嗎？」

13 歲的艾莉森說：「我們當然可以想爸爸。但他不會介意我們過夏天。」

我們的五歲小兒子克里斯托佛說：「我們不要留在關著窗戶的房子裡，除非不得不這麼做。」

我們同意。不得不的時候，我們才留在屋內。

事實證明，我們不會一整天都在悲傷，只會在有些時候。艾莉森在深夜看了她父親的影片，哭得撕心裂肺。海莉衝過來，提出要求：「我們現在要做什麼？晚餐吃什麼？我們可以去商場嗎？」克里斯躺在床上，抱著他父親把他扛在肩上的放大照片。他會哭，不想讓我拿走照片，但也不想看。

我們沒有盲目樂觀或否認——我們都清楚自己失去了什麼。相反地，我們不斷努力盡可能減少這件事對我們的影響。有一天，我們坐在車裡，收音機裡傳來流浪者合唱團的〈嘿呀！〉（Hey Ya！）這首歌。那個夏天似乎到處都可以聽到那首歌，不可能不隨之起舞。所以我們做到了：關上車窗，調大收音機的音量，我們大聲唱，用力搖擺。我們距離家裡只有幾個街區，拐角處的一個鄰居看著我們開過去，臉上露出恐怖的神情。儘管我丈夫，他們的父親，才去世了六個星期，但我們就這樣公開地高興起來。

鄰居不知道在悲劇中會有多少歡樂。說實話，我也不知道，但會存在，也的確存在。我們對此很感激。

——凱斯琳‧禾爾克‧米勒（Kathleen Volk Miller）

文章散見於《沙龍》（*Salon*）、《紐約時代雜誌》、《費城》（*Philadelphia*）雜誌，以及數本文學期刊。她是文選《幽默：寫作讀本》及文學雜誌《彩繪新娘季刊》（*Painted Bride Quarterly*）的共同編輯。她也主持了卓克索大學（Drexel University）出版學科的研究生課程和卓克索出版團體。目前她正在進行新書《航務員教養法：來自一位感恩母親的故事》（*Ramp Agent Parenting: Tales from a Grateful Mother*）。

撰 稿 人

Contributors

凱蒂・阿諾－拉列夫（Katie Arnold-Ratliff）｜《歐普拉雜誌》的文稿編輯，著有小說《我們前方的光明》（*Bright Before Us*）。

◆

瑪莎・貝克（Martha Beck）｜生活教練，自2001年即在《歐普拉雜誌》擔任專欄作家。最新作品為《黛安娜，她自己：覺醒的寓言》（*Diana, Herself: An Allegory of Awakening*），以及暢銷書《找到自己的北極星》（*Finding Your Own North Star*）和《等待亞當》（*Expecting Adam*）。《瑪莎・貝克全集：創造你的正確生活（第一冊）》（*The Martha Beck Collection: Essays for Creating Your Right Life, Volume 1*）是她在《歐普拉雜誌》發表的文章集結。

◆

莫莉・伯恩邦（Molly Birnbaum）｜2011年出版的回憶錄《失去嗅覺的廚師》（*The Cook Who Couldn't Taste*）入選為國際專業烹飪協會（International Association Culinary Professionals）圖書獎「飲食文學類」最後決選名單。文章可見於《紐約時報》、《摩登農夫》（*Modern Farmer*）及《快公司》（*Fast Company*）雜誌。她是美國實驗廚房旗下「烹飪的科學」（Cook's Science）網站的執行總編輯。目前居住於羅德島州的普洛威頓斯。

◆

艾蜜莉・拉普・布萊克（Emily Rapp Black）｜著有《代表人物：一本回憶錄》（*Poster Child: A Memoir*）及《轉動世界的停駐點》（*The Still Point of the Turning World*），後者是《紐約時報》暢銷書，並進入美國筆會文學獎非小說類的決選名單。她是加州大學河濱分校創意寫作的助理教授，文章散見於《時尚》雜誌、《洛杉磯日報》、《華爾街日報》。

◆

艾米‧布盧姆（Amy Bloom）｜作家，著有三部小說，包括暢銷書《幸運的我們》（*Lucky Us*）、《離開》（*Away*）；兩本短篇故事集；一本童書；以及一本散文集。她曾獲美國國家圖書獎與美國國家書評獎提名，並獲得美國國家雜誌獎的小說類獎項。她的作品散見於《最佳美國短篇小說集》（*Best American Short Stories*）、《歐‧亨利文學獎短篇小說選》（*Prize Stories: The O. Henry Awards*）及其他眾多選集。她目前是衛斯理大學的傑出駐校作家。

◆

莎拉‧布若姆（Sarah Broom）｜作品刊登於《紐約客》、《紐約時報週刊》（*The New York Times*）、《牛津美國》（*The Oxford American*）雜誌，以及其他出版品。她的回憶錄《黃色房子》（*The Yellow House*）即將出版。目前居住於紐約州北部。

◆

凱莉‧柯里根（Kelly Corrigan）｜《紐約時報》暢銷書排行榜作者，著有《升空》（*Lift*）、《亮片與膠水》（*Glitter and Glue*）、《中間地帶》（*The Middle Place*）。目前與丈夫及兩名女兒居住於舊金山。

◆

翠什‧戴奇（Trish Deitch）｜文章散見於《Elle》、《紐約》等雜誌，及《紐約時報》、《洛杉磯時報》。她曾任《GQ》雜誌小說編輯、《紐約客》部落客編輯、《香巴拉太陽》（*Shambhala Sun*）及《三輪車》（*Tricycle*）等佛教刊物的總編輯，以及電影製片人薛尼‧波勒的腳本編輯。

◆

朱諾‧迪亞茲（Junot Díaz）｜其小說《貧民窟宅男的世界末日》（*The Brief Wondrous Life of Oscar Wao*）獲得2008年普利茲獎，另著有短篇小說集《你就這樣

失去了她》(*This is How You Lose Her*) 及《溺斃》(*Drown*)。目前擔任麻省理工學院的寫作教授。

◆

凱特琳・佛萊納根 (Caitlin Flanagan) │《大西洋週刊》的特約編輯。她已有七年未復發癌症,而她的兒子於2016年已高中畢業。

◆

邦妮・傅利曼 (Bonnie Friedman) │著有暢銷選集《寫作越過幽谷:羨慕、恐懼、困惑,以及作家生涯中的各種困境》(*Writing Past Dark: Envy, Fear, Distraction, and Other Dilemmas in the Writer's Life*)。她的最新著作為《放棄奧茲國:散文人生》(*Surrendering Oz: A Life in Essays*)。

◆

莉絲・凡德柏格 (Lise Funderberg) │文章散見於《紐約時代雜誌》及《國家地理雜誌》。著有《香甜烤乳豬:帶我父親往南方,帶我父親回家》(*Pig Candy: Taking My Father South, Taking My Father Home*) 及《黑人、白人、其他人種:混血美國人論種族和定位》(*Black, White, Other: Biracial Americans Talk About Race and Identity*)。她與結婚14年的丈夫住在費城。

◆

梅格・蓋爾斯 (Meg Giles) │作家。與先生、孩子和小狗唐吉訶德一同住在亞利桑那州的斯科茨代爾。

◆

瑞秋・霍華德 (Rachel Howard) │與丈夫和女兒住在加州的內華達山脈的山麓

丘陵。她是位小說家、藝術記者，著有《失去的那晚》（*The Lost Night*），一本對於她的父親遭謀殺懸案在情感上有所遺憾的回憶錄。

◆

伊莉莎白・雷瑟（Elizabeth Lesser）｜歐米加學院（The Omega Institute）的共同創辦人及三本書的作者。其中一本最新完成的回憶錄為《骨髓：愛的故事》（*Marrow: A Love Story*）。

◆

蘇珊・麥克敏（Suzanne McMinn）｜著有《路中間的雞：尋常壯麗中的冒險》（*Chickens in the Road: An Adventure in Ordinary Splendor*）。她的個人網站為 chickensintheroad.com。

◆

梅莉・梅洛依（Maile Meloy）｜著有兩部小說：《騙子與聖徒》（*Liars and Saints*）及《家女》（*The Family Daughter*），短篇故事集：《愛一半》（*Half in Love*）及《我都想要》（*Both Ways Is the Only Way I Want It*）。其中《我都想要》入選為《紐約時報》「2009年十大好書」，並名列《洛杉磯時報》和亞馬遜書店年度好書。她的文章散見於《紐約時報》、《華爾街日報》及《紐約客》雜誌。

◆

凱斯琳・禾爾克・米勒（Kathleen Volk Miller）｜文章散見於《沙龍》（*Salon*）、《紐約時代雜誌》、《費城》（*Philadelphia*）雜誌，以及數本文學期刊。她是文選《幽默：寫作讀本》及文學雜誌《彩繪新娘季刊》（*Painted Bride Quarterly*）的共同編輯。她也主持了卓克索大學（Drexel University）出版學科的研究生課程和卓克索出版團體。目前她正在進行新書《航務員教養法：來自一位感恩母親的

故事》(*Ramp Agent Parenting: Tales from a Grateful Mother*)。

◆

李‧蒙哥馬利（Lee Montgomery）｜作家暨編輯。居住於奧瑞岡州的波特蘭。

◆

海倫‧奧耶耶美（Helen Oyeyemi）｜曾被《格蘭塔》(*Granta*)文學雜誌譽為於2013年最佳英國年輕作家。著有五本小說，其中《狐狸先生》(*Mr. Fox*)曾獲2012年赫斯特／賴特遺產獎（Hurston/Wright Legacy Award），《白色是用來施巫術》(*White Is for Witching*)則贏得2010年「毛姆小說獎」(Somerset Maugham Award)的殊榮。最新著作為短篇故事選集《命中無時莫強求》(*What Is Not Yours Is Not Yours*)。

◆

希瑟‧塞勒斯（Heather Sellers）｜任教於南佛羅里達大學，著有回憶錄《我好像不認識你：一個關於家庭、臉盲症和寬恕的真實故事》(*You Don't Look Like Anyone I Know: A True Story of Family, Face Blindness, and Forgiveness*)。

◆

羅倫‧史蕾特（Lauren Slater）｜心理學家，著有多本著本，包括《打開史金納的箱子：20世紀偉大的心理學實驗》(*Opening Skinner's Box: Great Psychological Experiments of the Twentieth Century*)、《謊言：回憶的隱喻》(*Lying: A metaphorical Memoir*)、《百憂解日記》(*Prozac Diary*)、《歡迎來到我的國度》(*Welcome to My Country*)。她的文章散見於《紐約時報週刊》、《哈潑斯》(*Harper's*)及《Elle》等雜誌。

◆

蘇珊娜·索南堡（Susanna Sonnenberg）｜著有兩本《紐約時報》暢銷書，分別是《她的故事：友誼中的人生》（*She Matters: A Life in Friendships*）及《她最後的死亡》（*Her Last Death*），同時著有多篇散文及評論。她住在蒙大拿州的米蘇拉。

◆

佩吉·威廉斯（Paige Williams）｜《紐約客》雜誌記者，密蘇里新聞學院助理教授，並曾獲選為哈佛大學尼曼新聞學人。她即將出版一本敘事真實故事《恐龍藝術家》（*The Dinosaur Artist*）。

人生顧問叢書 308

O's Little Guide to Starting Over
歐普拉人生指南
讓生命重新開機

編著 歐普拉雜誌（The Editors of O, The Oprah Magazine） | 譯者 張毓如 | 主編 Chienwei Wang | 企劃編輯 Guo Pei-Ling | 執行編輯 Shuyuan Chien | 美術設計 陳文德 | 內頁構成 陳文德、藍天圖物宣字社 | 插畫 Wan-Yun Chen | 董事長・總經理 趙政岷 | 出版者 時報文化出版企業股份有限公司 10803 台北市和平西路三段 240 號 3 樓 發行專線─(02)2306-6842 讀者服務專線─0800-231-705、(02)2304-7103 讀者服務傳真─(02)2304-6858 郵撥─19344724 時報文化出版公司 信箱─台北郵政 79-99 信箱 時報悅讀網─http://www.readingtimes.com.tw | 法律顧問 理律法律事務所 陳長文律師、李念祖律師 | 印刷 勁達印刷有限公司 | 初版一刷 2018 年 8 月 3 日 | 定價 新台幣 340 元 | 行政院新聞局局版北市業字第 80 號 | 版權所有 翻印必究（缺頁或破損的書，請寄回更換）

ISBN 978-957-13-7457-4

Printed in Taiwan

時報出版 時報文化出版公司成立於一九七五年，並於一九九九年股票上櫃公開發行，於二○○八年脫離中時集團非屬旺中，以「尊重智慧與創意的文化事業」為信念。

歐普拉人生指南：讓生命重新開機 / 歐普拉雜誌（The Editors of O, The Oprah Magazine）著；張毓如譯 .-- 初版 . -- 臺北市：時報文化，2018.08
208 面；13×19 公分 . -- （人生顧問叢書；308）
譯自：O's little guide to starting over
ISBN 978-957-13-7457-4（平裝）

1. 心靈勵志

874.6   107009778